パラレルワールド

PARALLEL WORLD

小林泰三
YASUMI KOBAYASHI

角川春樹事務所

パラレルワールド

〈目次〉

装画　とろっち
装幀　菊池　祐（ライラック）

お父さんとお母さんとヒロ君

「ヒロ君、お父さんはまだお部屋でお仕事をしてるのかな?」お母さんは台所でご飯の用意をしながら、ヒロ君に言いました。「ちょっと見てきてくれないかしら?」

ヒロ君は返事をしませんでした。なぜって、今テレビでとても面白い人形劇をやっているからです。

「ねぇ。ヒロ君、お母さんの言うことがきけないのかな?」

ヒロ君はぷっと膨れて、お母さんの方を見ようともしません。

「どうして、言うことをきいてくれないの?」

「だって……」ヒロ君はぽつりと言いました。「いつも、僕ばっかり言いつけられているんだもの。お父さんもお母さんも勝手だよ」

「そんなことを言わないで、ヒロ君」お母さんの悲しそうな声が聞こえます。

ヒロ君はちらりとお母さんの顔を見ました。

お母さんの目にはいっぱい涙が溜《た》まっていました。

そんなお母さんの顔を見ていると、ヒロ君も悲しくなってきました。

そして、とても悪いことをしてしまったような気がしました。

「ちょっと待ってて」ヒロ君はテレビを見るのを止《や》めて、お父さんの部屋に向かいました。

お父さんの部屋のドアを開けると、お父さんはパソコンの前に座っていました。

「お父さん」

「ああ。ヒロ君、ちょっと待っててよ。もうすぐお父さんのお仕事が終わるから」

「あのね。お母さんが……」

お父さんのパソコンを打つ手が止まりました。

「お母さんが何だって?」

「お父さんを見てきてって。まだお仕事をしているのかなって」

お父さんは少し悲しいような笑顔を見せました。

「ありがとう、ヒロ君。戻って、お母さんに言っておいで。お父さんは元気にお仕事をしてるって」

「うん。わかった」

「それから、お母さんに今日のご飯は何を食べるのか聞いてきてくれるかな?」

「ええ? また? 僕、ずっと行ったり来たりなんだ。もう疲れちゃったよ」

「そんなこと言わないで、ヒロ君。お父さんもお母さんもヒロ君だけが頼りなんだよ」

「じゃあ、行ってくるよ」ヒロ君は台所に向かって走りました。

「お父さんはどうだった、ヒロ君?」お母さんは熱心に聞いてきます。

「お父さんは元気にお仕事していたよ」

「ああ。よかった」お母さんはほっとしたようです。「それで、お父さんは何か言ってた？」

「今日は何のご飯を食べるのか、聞いてって」

「今日はカレーライスよ。ヒロ君の好きなカレーライス」

「わあい！　わあい！」

「じゃあ、ヒロ君、お父さんにお返事してきて」

「ええっ⁉　カレーライスを食べてからじゃ駄目？」

お母さんは少しだけ残念そうな顔をしましたが、すぐに笑顔に戻ります。「いいわよ。でも、カレーライスを食べてから必ずお返事してきてね」

「うん」

「おーい‼　ヒロ君！」お父さんの声が聞こえます。

「何、お父さん？」

「お母さんはお返事してくれたのかい？」

「うん。でも、僕、カレーライスを食べなくっちゃいけないんだ」

「お父さんが話しているの？」お母さんが言いました。

「うん」ヒロ君はちょっとだけ面倒になってきました。

「ここに？　あの人は……お父さんはここにいるの？」

「ここにはいないよ。自分のお部屋にいるよ」

「そうなの。お父さんは自分のお部屋にいるのね」お母さんは台所を出ると、テーブルの上のお父さんの写真を手に取りました。「お母さんもヒロ君みたいにお父さんと会ってみたい」そして、しくしくと泣き始めました。「どうして、わたしはあなたに会えないのかしら？」

「お母さん泣かないで」

お父さんがダイニングにやってきました。「お母さんが泣いているのかい？」

「うん」ヒロ君はお父さんに答えました。

「ヒロ君、お母さんに言っておくれ。泣かなくていいんだよ。お父さんはずっとここにいるからと」お父さんはテーブルの上のお母さんの写真に優しく手を掛けました。

「お母さんは泣き虫なんだ」ヒロ君はお父さんに言いました。

「それは仕方がないことなんだ。だって、ヒロ君と違って、お母さんはお父さんに会えないんだから」

「どうして？」

「わからない。どうしてこんなことになってしまったのか。彼女を失って悲しい日々を過ごしていたとき、気付いたんだ。ヒロ君だけはお母さんを失っていなかったのだと」

「お母さん、お父さんはここにいるよ。ずっとここにいるって。だから泣かないで」ヒロ君は一生懸命に言いました。

「ありがとう、ヒロ君。あの人はここにいるのね。それを信じていれば、生きる力が湧《わ》いてくるわ」

「じゃあ、お父さんは仕事に出掛けるよ」お父さんは言いました。

「お父さん、お仕事だよ」

「じゃあ、お母さんもそこまで一緒に行くわ。今日は服を買いにいくのよ」

「お母さん、服を買いにいくって。そこまで一緒だって」

「そうかい。じゃあ、今日はお母さんとデートなんだねって言ってよ」

「お母さん、お父さんがデートだねって」

「そうね。デートね」お母さんは涙を指で拭《ぬぐ》いました。

ヒロ君はお父さんとお母さんの手を両手で握って、そして二人の顔を見上げました。

いつものように世界が二重写しになっています。

第一部

1

「凄《すご》い雨だな」坂崎良平《さかざきりようへい》は会社の窓から真っ黒な空を見上げて呟《つぶや》いた。

こんな雨がもう三日も続いている。大雨警報・洪水警報も今朝から出ているが、すっかり慣れっこになってしまって誰《だれ》も気にしていない。

見下ろすと、近くを流れる川が見えた。普段から水量の多く流れの速い川だったが、結構立派な堤防の上端すれすれまで、ごうごうと波打つこげ茶色の濁流が迫っている。

「大丈夫かな?」良平はさらに呟いた。

「おいおい。ちゃんと仕事しろよ、坂崎」課長の大村《おおむら》が言った。「窓の外に何かいいものが見えるのか?」

「いや。水の量、結構多いな、と思って。大丈夫ですかね?」

「ああ?」大村は窓辺に近付いた。

「こんなことはよくあるよ」

「よくあるんですか?」

「五、六年に一度ぐらいかな?」

「結構珍しいじゃないですか」

「おまえここに来て何年だった？」

「二年ちょっとです」

「じゃあ、初めてでも仕方がないか」

「もうちょっとで、堤防越えそうですよ」

「越えないよ。それに、越えたって、多少道路に水が流れるだけだろ」

「いったん、越流すると、そのまま破堤するとか言うじゃないですか？」

「はあ？　そんな話聞いたことがないぞ。コンクリートがそんな簡単に崩れるか？」

「コンクリートは外側だけで、中は土じゃないんですか？」

「さあ。きっと鉄筋コンクリートだろ。さっさと仕事に戻れ」

「坂崎さんはご家族のことが心配なんだと思いますよ」同僚の佐藤《さとう》ひろみが言った。

「家族？」大村が怪訝《けげん》そうな顔をした。

「最近まで、単身赴任だったのを先月、こっちに呼んだんでしょ」

「ああ。確かそうだったな。家、近くだったたか？」

「まあ。そんなに近くはないんですが、ここよりちょっと上流の方で……」良平は不安げに言った。

「家が流されるのが心配か？」大村は少し馬鹿にしたように言った。

「いや。家というかですね……」

「心配するな。ここの上流にはあれがあるんだから」

「あれ？」

「なんとかいうダムだ」

「ダム？」

「この辺りじゃ一番でかいダムだ。俺の子供の頃《ころ》からある有名なダムだ。知らないか？」

有名だと主張するわりに、自分はダムの名前も覚えていないらしい。

「この辺りの地理にはまだ疎いんですよ。なにしろ、家と会社の往復しかしてないですから」

「飲みに行くこともあるだろ」

「課長、無茶言わないでください」ひろみが口を挟んだ。「ダムの方に飲みに行くはずないでしょ」

「そう言えば、そうだな。ここいらで育った者はみんな小学校のうちにあそこに遠足に行くから、よく知ってるんだ。ダムの上には湖があって、ちょっとした自然公園になっていてな……」

「自然公園ですか？」

「そうだよ。自然公園だ」

「自然公園があると安全なんですか？」

「自然公園があるからじゃなくて、ダムがあるから安全なんだよ」

「ダムって、発電とかするんですよね」

「発電もするけど、あれだ。洪水のときなんか、水を堰《せ》き止めたりするんだ。よく知らないけど」

「えっ？　知らないんですか？」

「いや。ダムってのは、たいがいそういうもんだろ。常識的に」大村は言った。「たくさん、雨が降ったら、水門を閉めるんだ。そうすれば、下流の洪水が防げる」

「でも、水量、結構多いですよ」

大村は川の様子を見て、顎《あご》を撫《な》でた。「あれだな。きっと支流から流れ込んでくるんだ」

「支流ですか？」良平は納得いかなかったが、逆らう気はなかった。大村にダムの知識がなさそうだったからだ。

「今、ダムの水門開けてるみたいよ」ひろみがパソコンの画面を指差した。

「おいおい。仕事中に何してるんだよ？」大村が言った。

「さっき、三時の小休憩のチャイムが鳴りましたよ」

「えっ？　もうそんな時間か？」大村は腕時計を見た。

「ダムの様子を映像で中継しているサイトよ」

「へえ。こんなのがあるんだ」良平は画面に見入った。

巨大な壁のようなダムの四か所の水門が開放され、そこから凄《すさ》まじい勢いで、水流が噴き出していた。

「毎秒一千トン放流って書いてあるわ」

「一千トン……」大村は画面を見て、呆然《ぼうぜん》としていた。

「どうして、大雨なのにダムの水門を開けているんだろう？」良平は言った。

「大雨だからでしょ？　ダムが満杯になったら、まずいんじゃない？」

「なんで、満杯がまずいんだよ？」大村が尋ねた。「上から水が溢《あふ》れ出るだけだろ。滝みたいに」

「わからないけど、強度とかの問題じゃないですか？」

良平とひろみの携帯が同時に鳴った。少し遅れて、大村の携帯が鳴った。ほぼ同時に事務室のあちこちで携帯が鳴った。

「何だ？　何だ？」大村は懐から携帯を取り出した。「避難勧告が出たみたいだな」

「えっ？」良平も慌てて携帯を見た。

避難勧告が出ている場所を確認すると、自宅の住所も入っていた。

良平は妻の加奈子《かなこ》の携帯に電話を掛けた。

しばらく呼び出し音が続いた後、留守番電話に繋《つな》がった。

「避難勧告が出ているみたいだけど、大丈夫かい？　これを聞いたら、連絡してくれ」

「奥様、出なかったの？」ひろみが心配そうに尋ねた。

「うん。たぶん大丈夫だと思うけど」

「大丈夫に決まってるだろ。洪水になったら、ニュース速報が流れるだろう。避難勧告なんて、万が一のことがあったときに文句を言われるのが嫌で、市がアリバイのために流してるだけなんだから」

　おそらくそうなんだろうな。

良平は思った。

気象警報や避難情報なんかしょっちゅう発令されているが、実際に身の回りで災害が発生したことなど一度もない。こういうものは万が一を見越して、少し大げさに出されるものだ。だから、警報や避難情報なんて、恐れる必要はないし、いちいち真に受けるのは大人として恥ずかしい。その程度の常識はある。

しかし、良平はなぜか気になった。

不安なのは、引っ越してきて早々だということもあるのかもしれない。自宅がダムの下流にあるということも今の今まで気付かなかった。この激しい放流の映像もより不安感を増す原因になっているのかもしれない。

しかし、現に永年ここに住んでいる大村は落ち着いている。本当に慌てる必要は全くないのだろう。

「おい。まだ心配してるのか？」大村がからかうように言った。「大丈夫だ。あのダムは六十年もあの場所で踏ん張ってるんだ。『石の上にも三年』ならぬ六十年だ。滅多なことじゃびくともしないさ」

そうか。六十年も経《た》ってるのか、それなら大丈夫だ。

……えっ？　六十年。

「あのダム、そんな大昔からあるんですか？」

「そうだよ。この川の主みたいなもんだな」

それでいいのか？　そう考えるのが正しいのか？

良平は混乱してきた。

「あの。課長、古いってことは、つまり……」

また、携帯が鳴り出した。今度はもっと大きい。

「何だ？　今度は避難指示か何かか？」

全員の携帯が次々と鳴り始める。さっきとは違う警告音だ。

「違うわ。避難指示じゃない！」ひろみが叫んだ。「地震が来るわ」

「緊急地震速報！　大きな揺れが来ます！」社内放送が流れた。

ひろみは机の下に逃げ込んだ。

「えっ？　えっ？　えっ？」大村はきょろきょろと周りを見ていた。

「課長、机の下です」そう言うと、良平も机の下に逃げ込んだ。

事務室の中では、机の下に逃げ込む者がほかにも何人かはいたが、大部分はただおろおろと歩き回ったり、ぼんやりと身動きできずにいたり、何も聞こえていないかのように仕事を続けたりしていた。

「正常性バイアス」という言葉が良平の脳裏を掠《かす》めた。人間は常に恐れてばかりはいられない。そんな状態では神経が磨《す》り減り、ストレスで精神や肉体の健康を害してしまう。だから、「自分には不幸はやって来ない」と思い込むことで防衛するのだ。だが、本当に危機が訪れた場合、この心の機能はマイナスに作用することになる。警報の中、黙々と仕事をする人間は度胸が据わっている訳ではないのだ。単に、恐怖することを避けるため、懸命に危機を否定しているだけなのだ。

部屋の中のあらゆるものががたがたと揺れ始めた。

「ふん」大村は鼻を鳴らした。「まあ、だいたいこんなもんだよ。こんな警報があると、余計どきどきするだけだよな」

どん！

部屋中の全《すべ》てのものが跳ねあがった。机も椅子《いす》も文房具もパソコンも人間も。

「何だ⁉」

次の瞬間にはもう何が起こっているのかわからなくなった。人間を含むあらゆるものが目の前を飛び交った。

良平は激しく振り回されながらも、全力で机の下で机の脚を摑《つか》んで身体《からだ》を固定しようとした。

あっちこっちに飛ばされたが、机ごとだったので、なんとか怪我《けが》は免れていた。

大村はもうどこに行ったのか、わからなくなっていた。

ひろみは少し離れた場所で、良平とおなじく机の下でその脚にしがみついていた。

長い！

良平は苛立《いらだ》ち始めた。

今まで地震は何度か経験したが、こんなに長いのは初めてだ。もう何分も、続いているような気がする。

そうだ。加奈子と裕彦《ひろひこ》はどうしているだろう？　きっと心細いことだろう。

だが、電話を掛ける余裕は全くなかった。

早く止まってくれ！

良平はそう願うしかなかった。

揺れが小さくなってきた。

机の飛び跳ねが収まってきた。

良平はもう一度事務室内の様子を確認した。

あらゆるものが散乱していた。机、椅子、パソコン、キャビネット、書籍、文書ファイル、コーヒーカップ、鞄《かばん》……。

窓ガラスは大部分が砕け散り、壁には幾筋も亀裂《きれつ》が入っている。

倒れている人々も大勢いた。中には血を流している者もいる。

「みんな、大丈夫ですか？」良平は大声で叫んだ。

あちらこちらから声が上がる。

動ける者たちは立ち上がって、怪我人の様子を見て回った。

少なくとも、事務室内では意識のない者や重傷者はいなかった。

大村は呆然と床の上に座り込んでいた。

放送システムがどうにかなったのか、室内のスピーカーはうんともすんとも言わない。

「課長、どうしましょう？　避難しましょうか？」良平は大村に尋ねた。

大村は返事をしなかった。

「課長！」良平は大村の肩を摑んで揺すった。

「あわわわわ‼」大村は悲鳴を上げた。

「避難しましょうか？」良平はもう一度訊《き》いた。

「地震だ‼　地震だ‼　地震だ‼」

「わかっています」

「机だ。机の下に入るんだ」大村は倒れていない机を探して、その下に逃げ込んだ。

良平には、この大村の行動が正しいのかどうかもわからなかった。

とにかく現状を把握しなければ。

良平は天井を見た。電気は点《つ》いている。停電にはなっていないようだ。

「坂崎さん！」ひろみが床に落下して罅割《ひびわ》れているパソコンの液晶画面を指差した。「これを見て！」

そこには先程のダムの様子が映し出されていた。先程と同じように水が放流されている。

あれ？

良平は違和感を覚えた。

さっき見た映像では、水流は四つの水門から流れ出していた。だが、今は水門とは別の場所から水が流れ出している。

良平は液晶画面を立てて、もう一度画面を見直した。

水はダムの表面にできた線状の部分から流れ出していた。

「これって……」ひろみが怯《おび》えたような声を出した。

「ダムに亀裂が走ってる」

「大丈夫よね」

「わからない」良平は首を振った。本当に全くわからなかったのだ。

「課長、ここからダムは近いんですか？」

大村はまだ机の下で縮こまっていた。

「課長！」良平は大村の腕を掴んで引き摺《ず》り出した。「重要なことなんです。ここまで水が押し寄せてくる可能性はありますか？」

「ないないない」大村は首を振った。「ここは内陸部だから津波は来ない」

「津波じゃなくて、ダムの決壊が迫ってるかもしれないんです！」

「ダム？」

「そうダムです。ここからダムまでどのぐらいですか？」

「ええと……ええと……」どうやら咄嗟《とっさ》には出てこないらしい。

パソコンで調べるしかないか。

そう思ったとき、ひろみが叫んだ。「ダムが‼」

見ると線だった亀裂が突然広がり、尋常ではない量の水が噴き出していた。亀裂はほんの数秒でダムの幅の半分の広さになり、そしてダムの堤体は砂山のように砕け散った。

凄まじい勢いで土砂を含んだ水流が押し寄せてきたと思った次の瞬間、映像は消えた。カメラが流されてしまったのだろう。

「ダムが決壊した……」

落ち着くんだ。考えるんだ。

良平は自分に呼び掛けた。だが、何も考えられなかった。息が苦しくなってきた。深呼吸を繰り返すが、全然肺に空気が入ってこないような気がする。気分が悪くなり、部屋がぐるぐると回った。

この恐怖感は何だ？　恐怖に負けていては助かるものも助からないぞ！

「洪水が来る！　大変だ。逃げないと……」大村がふらふらと歩き出した。

「待ってください、課長。まず、状況を把握すべきです」ひろみが言った。「闇雲《やみくも》に逃げても逃げる途中で水に追いつかれる危険があります。ここは鉄筋コンクリート製の建物です。中に残った方が安全かもしれません」

大村は窓辺に向かい、外を見た。「うわー‼　もう水が来ている」

「何だって⁉」

いくらなんでも早過ぎる。ひょっとして、この近くで川の堤防も決壊したのか？

良平もふらつきながら、窓辺に向かった。

外を見ると、駐車場の車がナンバープレート付近まで、泥に浸《つ》かっていた。泥はさらに量を増しているようだった。

川の方を見ると、相変わらず濁流だったが、急激に水嵩《みずかさ》が増した様子も堤防が決壊した様子もない。

「これは洪水じゃありませんよ。液状化現象です」良平は言った。

「液状化？」大村はぼんやりと言った。

「地震の揺れで地下水が地表に噴き出してきたんですよ」

「でも、ここは海から遠いし、埋立地じゃないでしょ」ひろみが言った。

「埋立地は海だけとは限らない。ひょっとするとここは昔、川だったのかもしれない。自然の状態では川は蛇行しているから、人工的に真《ま》っ直《す》ぐにした可能性もある。それとも、田んぼがあったのかもしれない」良平が答えた。

「この泥の中を避難することは可能かしら？」

「それはどうだろう。泥に足をとられるだろうし、土石流がここに到達するまでにあとどのぐらい時間があるかにもよるだろう……」

そうだ。時間だ。ダムからここまで何キロあるんだ？　そもそも水の速度は？　ダムからここに向かって濁流が流れる様子を想像した。そして、恐ろしい考えが浮かんだ。

いや。俺はその可能性にずっと気付いていたんだ。さっきから全身を貫く恐怖はそのことに対する恐怖だったのだ。

「皆さんはこの建物の中にいてください」良平は言った。「できるだけ上の階がいいかもしれません」良平は出口へと向かった。

「待って、坂崎さん。どこに行くの？」ひろみは良平を引き留めた。

「家だ。ここより上流にある。土石流は家の方に先に到達する」

「馬鹿なことを言わないで！　水に向かっていくなんて無謀だわ！」

「馬鹿なものか！　家には妻と子供がいるんだ！」

「きっと、もう逃げているわ」

「そんなこと、君にどうしてわかるんだ？　根拠はあるのか？」

「根拠は……ない。根拠はないけど、逃げていると信じなければいけないのよ」

「何をめちゃくちゃなこと言ってるんだ？」

「『津波てんでんこ』よ」

「何だよ、それ？」

「津波が起きたときのための標語よ。『肉親にも構わずそれぞれが一人で高台へ逃げろ』という意味」

「今、津波は起きていない」

「土石流だって一緒よ。山津波とも言うもの」

「でも、あいつらが逃げてなかったらどうするんだ？」

「あなたが助けに行ったら、あなたが助からない可能性が高いわ。もし二人がすでに逃げていても、あなたは犠牲になってしまう」

「だから、二人が逃げていなかったら、と言ってるんだ‼」

「その場合は一家全滅だわ」ひろみは静かに言った。「もし助けに行かなければ、あなただけは助かる」

「そんなことになったら、俺はもう生きてはいられない」良平はひろみを無視して、再び進んだ。

「待って！」ひろみは良平の前に飛び出し、両手を広げた。「行かせない！」

「すまん！」良平はひろみを突き飛ばした。

ひろみは様々なものが散乱する床に倒れ込んだ。彼女が起き上がったとき、すでに良平の姿はそこになかった。

2

膝《ひざ》まで泥水に浸かりながら、良平は建物の外に出た。

会社の敷地内も敷地外も騒然としていた。

大雨もまだ降り続いている。

社内ルールに決められた通りに、駐車場脇《わき》に整列している社員たちもいたが、ただうろうろと、あちこち見て回る者や、外に出ていく者が殆《ほとん》どだった。

最優先すべきは命だ。会社のルールは守るべきかもしれないが、液状化している場所で土石流の到来を待つのは馬鹿げている。

良平は、整列している者たちにまもなく土石流が押し寄せるから、建物の中に入った方がいいですよ、と告げて会社の敷地外に出た。

鉄道が動いていないことは、会社のすぐ脇を走っている線路を一目見てわかった。レールがぐにゃぐにゃにねじ曲がっている。

ここから家までは数キロだ。徒歩でもそんなにはかからないはずだ。

良平は泥の中を走り出した。

かなりの家が倒壊していた。古い木造の骨組みの残骸《ざんがい》が刃《やいば》のように突き出している。木造でも比較的新しいものや鉄骨の家は外面的には殆ど被害がないように見えた。

泥に足をとられて、思うように走れなかった。気付くと、全身が泥だらけになっていた。

殆どの人々は川の上流から下流に向かって走っているため、良平と同じ方向に進む者は極僅《ごくわず》かだった。

「ダムが決壊したそうですよ」擦れ違いざまに若い男性が教えてくれた。「早く逃げないと濁流に飲み込まれますよ」

「ありがとうございます。でも、わたしは家族の元に向かわなければならないんです」良平は答えた。

男性は一瞬心配そうな顔をしたが、首を振ると、そのまま走っていった。

風に乗って、微《かす》かにスピーカーの声のようなものが聞こえてきた。

「……ダムが決壊しました。皆さん、速やかに命を守る行動をとってください。低地は危険です。高台に避難するか、近くの高い建物に逃げ込んでください」

あと、どのぐらい余裕があるんだろうか？　ダムから家までの距離はいくらなんだろう？　水の速度はどのぐらいなんだろう？

「あなたも家に向かってるんですか？」中年男性に話し掛けられた。同じ方向に進んでいるようだ。

「ええ。家内と子供がいるはずなんです」

「連絡はとられたんですか？」

「いえ。まだ……」

そうか、連絡すればいいんだ。

良平は内ポケットから携帯を取り出した。

駄目だ。電波が来ていない。

「電波の状況はよくないみたいですよ」中年男性は言った。「わたしも連絡が付かないんです」

「ダムが決壊したのはご存知ですか？」

「人がそんな話をしているのは聞きました。でも、本当なんでしょうか？　災害の後は流言が飛び交うと言いますし……」

「ダムの決壊は本当です。ネットで見ていました」

「じゃあ、この地震はダムの決壊で発生したんでしょうか？」

「さすがに、そんなことはないでしょう。地震が決壊の原因ですよ。ダムに亀裂が入ったのも、地震の後でしたし」

「もしダムが決壊していたとしたら、この道を走るのは拙《まず》いんじゃないでしょうか？　川のすぐ横ですよ」中年男性は不安げに言った。

「しかし、山側の道を通ると、随分遠回りになってしまうと思います。この辺りの地理には疎いのではっきりとは言えませんが」良平は言った。

「確かに、あそこまで行くのはかなり時間が掛かりそうですね」中年男性は山の斜面に立ち並ぶ住宅街を眺めた。

ところどころ煙のようなものが上がってはいるが、豪雨のおかげか火の手は上がっていないようだった。

「このまま進んでもいいんですが、この水路が気になるんです。これに沿って濁流が流れてくるんじゃないかと」男性は堤防のすぐ外側を流れる水路を指差した。

たぶん雨水を集めるために設けられた水路で、どこか下流で川の本体に流し込むようになっているのだろう。ダムの濁流は川本体に流れるのはもちろんだが、この小さな水路にも流れ込んでいるかもしれない。もしそうなら、いっきに水が溢れ出し、流されてしまうかもしれない。

「わかりました。じゃあ、堤防に登りましょう」良平は提案した。

「しかし、それだと、溢れた水で堤防の下に流されるかもしれない」

「川が溢れてくるなら、堤防の下にいてもどうせ同じことでしょう。少しでも可能性のある方で進みたいと思います。もし不安なら、あなたは山側の道に進んでください」

男性は少し悩んだ後、言った。「わかりました。わたしも一緒に行きます。こうして悩んでいる時間も勿体《もったい》ない」

二人は雨でずるずるになった堤防をなんとかして登り切った。

やはり、コンクリートではなく、大部分が土でできているようだった。

良平は上流の方角を眺めた。

豪雨のため、視界は悪く、二、三百メートル先までしか見えないが、濁流はまだ来ていないようだった。

「さあ、急ぎましょう」

堤防の上には泥がなかったため、下の道よりもいくぶん進みやすかった。しかし、堤防自体は内側や外側があちこちで崩れかけていた。増水すると、いっきに決壊してしまいそうに思えた。

二人は黙々と走り続けた。

数分後、中年男性は立ち止まると、はあはあと苦しそうに喘《あえ》いだ。

「大丈夫ですか？」良平は尋ねた。

「少し、呼吸が乱れただけです。年ですね。わたしは少し休憩してから行きますので、あなたは先に行ってください」

良平は一瞬迷ったが、男性の言葉に従って、一人で行くことにした。

走り出して、すぐに地響きを感じた。

勘違いかと思い、足を止めた。

確かに、振動を感じる。

豪雨を透かして、遥《はる》か前方を望んだ。

上流に微かに白い煙のようなものが見えた。距離から推測するに相当に巨大なものだ。

良平は見間違いでないかと目を擦《こす》った。

煙は突如大きくなった。見る見る巨大さを増してくる。

いや。巨大になったのではない。凄まじい速度で近付いてくるのだ。

良平には時速百キロぐらいに感じられた。

堤防で防げるようなものでは到底なかった。堤防もそして堤脚水路もその横の道も付近の住宅も——全てを巻き込む巨大さだった。

良平はなんとかあの濁流をやり過ごすことはできないかと考えた。早く家族の元に行きたかったのだ。

だが、土石流が近付くにつれて、そんなことは不可能だと悟った。

今、あの水から逃げなければ、二度と家族に会うことはできなくなる。

良平は回れ右をすると、一目散に走り出した。

先程の中年男性が水流を見て、目を見開いたまま立ち尽くしていた。

「逃げないと危ないですよ！」横を通り抜けるときに良平は叫んだ。

だが、まだ男性は動かず、濁流を凝視しながら呟いていた。「あれじゃあ、無理だ。もう、あいつらも……」

　人のことなんか構っている場合じゃない。

　良平は歯を食いしばった。

　一人だって、逃げられるかどうかわからない。あの男を連れていく余裕なんかない。逃げる気がない者は放《ほう》っておくしかないんだ。

　ああ。くそっ！

　良平は男性の元へと引き返した。

　土石流は百メートル手前まで迫っていた。

「逃げますよ！」良平は男性の手を引っ張った。

「もう無理だよ」

「家族に会いたくないんですか？」

「あいつらはあの向こうにいるんだ。とても助からない」

「避難してるかもしれないじゃないですか！」

「えっ？」

「津波てんでんこですよ」良平は男性の手を掴んだまま、強引に走り出した。

　男性も躊躇《ちゅうちょ》しながらも走り始めた。家族が避難している可能性に賭《か》けることにしたのだろう。

　確かに、あの土石流に襲われて家が無事とは思えない。だが、きっと加奈子と裕彦は避難しているはずだ。

どかんどかんと凄まじい音が近付いてくる。

もう振り向く余裕はなかった。振り向く力があるなら、それは前進に使うべきだ。

背中にぱしゃぱしゃと水が被《かぶ》り始めた。

ふと、堤防の上と下とどちらで土石流にぶつかった方がましだろうかと考えた。

しかし、今から堤防を降りようとしても、途中で土石流に捕まるのは目に見えていた。とにかくこのまま突っ走ろう。

良平はそう心に決めた。

どん。

良平たちは何かに突き飛ばされた。

地面から一メートルほど上を滑空している。

土石流の本体にぶつかる前に圧縮された空気の壁にぶつかったのだ。

だが、空気のクッションはいつまでも優しく包んでくれはしなかった。大量の瓦礫《がれき》を飲み込んで成長した水の塊が良平たちを絡め取った。

中年男性は一瞬でどこかに行ってしまった。

目の前の泥水の中にぼんやりと岩や木材の破片が乱舞しているのが見えた。

もがくことすらできなかった。ただ、水の流れに身を任せるだけだ。人間の力など全く存在しないかのようだ。ぐるぐると振り回され続ける。

何かが右脚にぶつかった。強烈な痛みを感じる。脚の骨が砕けたような気がした。ひょっとすると、もう右脚は千切れ飛んでなくなっているかもしれない。手足が切断された人はなくなった手足が痛むことがあるというではないか。

そう言えば、もう随分息をしていない。そろそろ窒息する頃だろう。それにしてはあまり苦しいという気がしない。本当に溺《おぼ》れるときはこんなふうに苦しくないものなのだろうか？　ひょっとすると肺の中に水が入ると、脳内麻薬が分泌されて苦しくなるのかもしれない。いや。ひょっとすると、俺はもう死んでいて霊の状態で溺れているのだろうか？　だとしたら、苦しくないのも当然だ。でも、ここはもうどうしようもないようだ。足掻《あが》いても水の力の前には無力だ。もう力を抜こう。水に抵抗するのはやめだ。諦《あきら》めた訳じゃない。ただ、死ぬにしても生きるにしても無駄に力を使いたくないだけだ。

良平は力を抜き、まるで洗濯機の中の洗濯物のように水に全てを任せた。

ああ。このまま、俺は終わるのか。最後に加奈子と裕彦に会いたかった。

ごおおおお。

水の音が聞こえた。

いきなり息苦しくなった。

良平はごほごほと咳《せき》をした。喉《のど》の奥からばしゃばしゃと水が流れ出す。

何が起きた？

良平は周囲を見渡した。

大量の泥水が良平の身体の両側を流れ続けていた。堤防らしきものは見当たらない。大きなもの、小さなもの、様々なものが流れていく。大きなものは住宅そのものや自動車、小さなものは家具や電化製品、そして人間だ。

次々と流れてくる人間は生きているのか、死んでいるのか判断が付かなかった。どっち道、この激流の中を助けに行くことはできない。ときどき大きな木材などに掴まって流れていく者たちがいて、それは確実に生きてはいたが、良平よりよっぽど、安全な状況にあるので、もちろん助けに行こうとはしない。

良平は街路樹のてっぺん付近に引っ掛かっていた。顎の辺りまで水が来ているので、遠くまで見渡すことはできなかったが、とにかく目に入る範囲は全て水浸しだった。

落ち着け。よく考えるんだ。

良平は深呼吸をした。

ごほごほと咳《せ》き込む。

咳が出るのは気管に水が入ったからだろう。肺が水で満たされたら、すぐに失神して滅多なことでは自発蘇生《そせい》しない。ということは、溺れている時間はさほど長くなかったということだ。長く感じていたのはあくまで主観であって、実際には数秒か長くて数十秒程度だったのだろう。

さて、これからどうすべきだろうか？

このまま助けを待つのが最善な気がする。しかし、水温はかなり低い。このまま何時間も流水の中にいたら、おそらく低体温状態になってしまうだろう。もう少し上って身体を乾かした方がいいかもしれない。

良平は枝をさらに攀《よ》じ登ろうとした。

だが、良平のいる枝は結構細く、良平が少し水から上ると体重を支えきれず曲がってしまい、また水の中に浸かってしまった。

いくつかの枝を試したが、どれも結果は同じだった。

水から身体を出すのは諦めた方がいいかもしれない。となると、ある程度の体温低下は受け入れるとして、生命力が尽きる前に救助されることを祈るか？　しかし、今回の地震はどの程度の範囲に起きたんだろう？

緊急地震速報が出てから地震発生までにはある程度の時間があったような気がする。ということはつまり、この地域の直下で起こったものではないということだ。震源地までの距離が長いのに、これほどまでの被害が出るということは相当大きな地震だったことになる。となると、救助の側も手一杯だろう。

救助を待つよりも自力で助かる方法を考えた方がいいかもしれない。

良平は自分がどのように枝に引っ掛かっているのかを確認した。

会社の制服に穴が開いて、枝が突き刺さっている。

なるほど。外そうと思えばすぐに外せそうだ。もちろんまだ外さない。

俺が助かったのは本当に偶然だったんだ。加奈子と裕彦も助かっているだろうか？

そうだ。俺は加奈子と裕彦を助けなければならないんだ。ここで悠長に助けを待っている場合じゃない。

良平は流れてくるものをじっと観察した。

身を任せられる程の大きさで、浮力が大きく、すぐ近くを流れてくるものを摑むんだ。

待つこと数分、その条件を満たしそうなものが流れてきた。食堂の看板だ。

もう少ししっかりと身を任せられるものが欲しかったが、待っていても機会が巡ってくるとは限らない。良平は決心した。

服を枝から外すと、看板に向かって飛び出した。

良平も看板も相当な速度で流れながら、何度も浮き沈みした。

その度に窒息しかかり、生命の危機が訪れたが、良平はなんとかして、看板にしがみ付くことに成功した。

看板はぐるぐると回転しつつもなんとか安定して流れ続けた。

すぐに、街路樹から離れた自分の判断が正しいかどうか不安になった。

最悪の事態を想定するなら、このまま流され続け、海に出てしまうことだ。だが、さすがに途中に何か所か関門があって、そう簡単には海に到達することはないはずだ。

目の前に瓦礫の山が現れた。土石流の勢いが落ちて、重い物体が取り残されたのだろう。濁流が瓦礫にぶつかり複雑な渦を作り出す。

良平は家の残骸に辿《たど》り着くと、看板を放し、攀じ登った。

右脚に激痛が走ったが、なんとか歩くことはできた。骨折や脱臼《だっきゅう》ではないらしいが、相当出血している。しかし、この状況下では、ズボンを脱いで怪我の程度を確認する気にはなれなかった。

漸《よう》く少し高い場所に立つことができ、街全体の様子を垣間見《かいまみ》ることができた。

相当な範囲が冠水していたが、まだ結構家は残っているようだった。川から離れるにつれ、被害は少なくなっているのがわかる。

良平は屋根伝いに少しずつ川から離れるルートをとった。

地面の様子を見て、歩けそうだと判断した時点で道路に降りた。

脛《すね》ぐらいの深さだろうと当たりを付けていたが、実際には太腿《ふともも》ぐらいまで水位があった。だが、水流の勢いはもうあまりなかったので、歩くのには支障がない。もっとも、強く痛むため、走ることは無理だった。

まず現在地を見積もらなければならない。携帯は水没してしまったので、たとえ電波が復活していたとしても、使い物にはならない。

良平は記憶を辿って、街の地形を必死に思い出そうとした。

そして、遠くで水の中から突き出している建物がさっきまでいた会社の建物だということに気付いた。おそらく三階ぐらいまで水に浸かっている。ピーク時にはもっと高い階に達していたかもしれない。

会社の位置が確認できたことで、自分の位置もだいたい把握できた。

家はこっちだ。

良平は水没した街の中を歩き出した。

あちらこちらから助けを呼ぶ声が聞こえたが、良平は歯を食いしばって先を急いだ。人々の苦しみは痛いほど理解できた。だが、自分はまず家族を助けなければならないのだ。

そろそろ自宅に近付いているはずだったが、街の風景に全く見覚えがない。

倒れた電柱や自動販売機の住所表記を見て衝撃を受ける。街並みが絶望的に変貌《へんぼう》しているのだ。

しばらく歩き、家の住所の場所に辿り着く。

この辺りのはずだ。どうしてないんだ？

何軒か近所の家らしきものは見付かった。しかし、それらの位置関係はばらばらだった。傾いたり倒れたりして、まともな状態の家は殆どなかった。

これは隣の家だ。そして、これは向かいの家。これは裏の家。だとしたら、この近くに俺の家があるはずだ。どうして、ないんだ？　そんなはずないじゃないか。

そう。そんなはずはなかった。すぐ近くに家はあったのだ。二つの家に挟まれて。ぐしゃりと潰《つぶ》れた家が。

良平は自宅の残骸に近付いた。

ほぼ骨組みだけになっていて、家の中には何も残っていなかった。家具も電化製品も家族の思い出も全て流されてしまったのか？

「加奈子‼」良平は叫んだ。

返事はない。

瓦礫の中に身体を滑り込ませる。

「加奈子‼　裕彦‼　ここにいるのか⁉」

奥の方は暗くてわからない。

「誰かいないか⁉」良平はもう一度叫んだ。

微かに何かが聞こえた。

「そこにいるのか⁉」

「……」

子供の声だ。だが、何を言っているのかはわからない。

良平は瓦礫の中で動かせそうなものを脇へ放り投げた。

崩れた家の残骸の中に僅かな光が届いた。

蒼《あお》ざめた幼児の顔が浮かび上がった。

「裕彦！」良平は叫んだ。

父の声を聞いて、裕彦は泣き始めた。

「今、助けに行くから、じっとしてるんだ！」良平は瓦礫の隙間《すきま》を這《は》いつくばって、進み始めた。

「お母さんはどこにいる？」

だが、裕彦は泣くばかりだった。

五歳の子では仕方がない。

「加奈子、大丈夫か⁉」

返事はない。

加奈子が裕彦を残して、逃げるはずがない。きっと、裕彦の近くにいるはずだ。ひょっとすると、瓦礫の下敷きになって身動きがとれないのかもしれない。

裕彦はほんの三メートル程先にいたが、家の残骸の状況が全くわからないため、努めて慎重に進んだ。

裕彦は泣き続けている。

「可哀《かわい》そうに。怖かったろう。家が水に流されたんだね。もう大丈夫だ。お父さんが助けてあげる。お母さんも一緒に逃げよう」

ついに、裕彦に手が届いた。

そして、その背後の人影に気付いた。裕彦の陰になって光が当たっていなかったのだ。

良平は裕彦を抱き上げ、引き寄せた。

後ろにいたのは加奈子だった。落下してきた屋根材が裕彦の上に落ちないように両手と頭で支えていたのだ。

「加奈子、大丈夫か？」

ええ。大丈夫よ。裕彦を先に助けて。

加奈子の顔は苦痛に歪《ゆが》んでいたが、満足げでもあった。息子の命を守り抜いたことが誇らしいのかもしれない。

「加奈子、動けるか？」

わたしはもう動けないの。わからない？

なぜだろう？

良平は加奈子の顔を見て思った。

今日の加奈子は今までの人生で一番美しかった。神々しいまでに。

「裕彦を守ってくれてありがとう」

良平は加奈子の身体に優しく手を触れた。

良平の頬《ほお》に一筋の涙が流れた。

加奈子はもう随分前に事切れていたのだ。

3

世の中の多くの人々は何が起こったのかをほぼ把握していた。

テレビや新聞・雑誌などのマスコミでもネットでも、連日膨大な量の情報が流されていたのだから、それは不思議なことでもなんでもない。特に被災地から離れた地域の人間にとって、それはブラウン管や紙面の向こうの世界の話なので、客観的に全体を把握することができた。現場から遠く離れた者の方が何が起こったのかをよりよく知っていたのだ。

被災地では全く逆のことが起きていた。

被災者の多くはいったい何が起こったのか把握できていなかった。

わかっていたのは、強い揺れの後、大量の水と土砂が街を襲ったことだった。住民の多くは狐《きつね》につままれた心持だった。この街は海から遠く離れた内陸部にあり、津波は決して来ないはずだった。

かなり建物は倒壊したが、地震が終わったとき、倒壊を免れた家の住人たちはとりあえず胸を撫で下ろしていた。もちろん、家を失った人々は気の毒だったが、とりあえずは自分と家族の安全を優先しなくてはならない。そう思うのは人情の上でも仕方がないことだった。

そんなとき、市の放送が流れた。

内容を聞き取れた者は僅かだった。スピーカーの音は平時でもあまりよくは聞こえない。その上、大雨の中だったので、微かに避難関係の情報を流しているというのがわかった程度だった。

そして、殆どの住人は自分には関係のないことだと思った。

地震の後、津波が発生することがあるのは知っている。また、山間部では土砂災害が発生することも。だが、この街は海からは随分遠い。百キロは離れていないにしてもそれに近いぐらいの距離だろう。そして、市街地の大部分は平地だ。近年は山裾《やますそ》に多少の住宅地が開発されているが、それは主流ではない。広がりきった街が最後に行き場がなくなり、山の斜面を少しだけ登ってみた。そんな感じだった。

もちろん、事態を察知した人々も少数ながらいた。なんとか市の放送を聞きとったり、ネットの情報を見たりしてダムの決壊を知った彼らの行動には、驚くべきことに様々なパターンが存在した。

ある者たちは家に残ることを決心した。ダムが決壊したのなら大量の水が流れてくるだろうが、所詮《しょせん》はダムの水だ。津波程ではあるまい。ダムの水がなくなれば終了だ。それまで外に出ずに、この家の中でやり過ごせばいいんだ、と思った者たち。そして、気付くのがあまりに遅く、もはや逃げられないと悟った者たち。彼らは家の中で水流が来るのをじっと待っていた。

ある者たちは外に飛び出すと、一斉に下流に向かって逃げ出した。水は上流から来る。だとしたら、下流に逃げるしかあり得ないだろう、という考えだ。

そして、川の流れとは垂直な方向に逃げる者たちもいた。街は所謂《いわゆる》谷底低地の上に立っている。つまり、川の両側には、小高い山地が連なっているのだ。津波からの避難が高所を目指すことを鉄則としているように、ダム災害でも高所を目指すのが最上の策のように思えたのだ。

結果、家の中に残った者たちはよほど運がよくない限り、助からなかった。土砂を含む水は住宅の二階部分をすっぽりと沈めてしまう程の高さだったのだ。

川下に向かった者たちもほぼ全滅に近かった。迫りくる水を背にして走るというのは無謀なことだった。水の速度は人間の足の速さでは決して逃げ切ることのできるものではなかった。

高所に逃げた者たちが助かる可能性が最も高かった。ただし、それはあくまで結果論であって、助かった者たちが常に正しい選択をしたとは限らない。現にダムからの距離が短い地域の住民たちには、高所に逃げ切る程の余裕はなかった。必死で逃げている途中、突然横からの土石流に曝《さら》されることになった。

あり得ないような大災害が起きた原因は二種類の自然災害が同時に起きたことにあった。爆弾低気圧により形成された線状降水帯がこの地域に居座り、発生した集中豪雨が大量の水をこの水系に供給し続けた。結果として、ダムは満水状態になり、凄まじい水圧が堤体に掛かることとなった。もちろん、満水になったからといって、ダムが決壊することなどあり得ない。

だが、そのとき、想定外の事態が起きた。この地方をマグニチュード七・二の巨大な連動型の活断層型地震が襲ったのだ。最大震度は六強で最大級の揺れではなかったが、複数の活断層が次々と動いたため、大きな揺れが発生した地域は広範囲に及び、被害は甚大なものとなった。

さらに、人々が予想していなかった場所で、誰も経験したことのない巨大災害が発生した。地震の揺れで、ダムを固定していた岩盤にずれが生じたのだ。それは僅か数十センチのものだったが、老朽化したコンクリートは応力に耐えきれず、亀裂を生じた。いったん亀裂が発生すると、水圧の負荷はいっきにそこに集中する。ほんの数秒でダムは崩壊した。

湖の端が突然なくなった状態となり、二千万トン以上の水が野放しとなった。

水はダムの下流の谷を埋め尽くしながら、木々や岩石を巻き込み、凶暴な土石流へと変貌をとげ、そのまま市街地へと侵略を開始した。

地震で倒壊した家も倒壊を免れた家も次々と怒濤《どとう》に取り込まれ、水流はさらに危険なものになった。

人々は水に飲まれ、溺れ、そして瓦礫や岩石に砕かれ、磨り潰された。

家族はばらばらになり、遠くへと押し流された。

ダム湖の水量には限りがあるため、洪水のピークはほんの十分で過ぎ去り、無残に破壊された街が水の中から浮かび上がった。

　家も車も人も全てが破壊され、がらくたのように放置されていた。全てを失った人々は現実を理解することができず、ただただ立ち尽くすしかなかった。

　良平もまた変わり果てた加奈子の前で呆然とし続けていた。

　なんということだ。加奈子が死んでしまった。

　何もかもがどうでもよくなってしまった。きっと、もう俺にはいいことなんか何一つ起こらないだろう。仮に起こったとしても、そこには加奈子はもういない。だったら、それにどんな意味があるだろう。

　このままここで、加奈子と一緒に眠ってしまいたい。

　良平は裕彦をその場に降ろし、目を瞑《つぶ》った。

　だが、何かが良平の意思を阻んだ。

　この音は何だ？

　良平は目を見開いた。

　二人の頭の上からぽたぽたと滴が垂れ、ぎしぎしと不気味な音を立てながら木の滓《かす》のようなものが降ってきた。

　ここにいるのは危険だ。

　ぼんやりとした意識の中で何かが閃《ひらめ》いた。

　ゆっくりと見上げた。

天井だった部分に無数の穴が開き、そこから空の光が入り込んでいた。その明るい穴が一斉に動き、位置を変え始めている。

良平は何が起ころうとしているのかを必死に推測しようとした。

家が倒壊しようとしている。

加奈子の手を握った。すっかり冷たくなってきている。

このままここでじっとしていれば、加奈子と眠り続けることができる。

良平は安らかな心になった。

そして、そのとき、すぐ横で裕彦が泣いているのに気付いた。

そう。裕彦だ。この子は生きなければならない。

良平は自らの意識をはっきりと覚醒《かくせい》させるため、血が出るまで唇を嚙《か》み締めた。

「裕彦、お家《うち》から出るぞ！　お父さんに摑まれ！」

だが、裕彦は泣くばかりで、良平に摑まろうとはしなかった。

ぎしぎしという音がばりばりという音に変わってきた。大きな木材がばたんばたんと近くで倒れ始めているようだ。

良平は裕彦の手を摑んだ。「さあ。行くよ」

裕彦は動こうとせず、泣きながら加奈子を指差した。

「お母さんはもう……」

ああ。五歳の子にどう言えばいいんだ？

「お母さんは後で出るから、まずヒロ君が先に出よう。順番だよ」

だが、裕彦は動かず母親を見詰めていた。

「言うことを聞くんだ！」良平はつい怒鳴り付けてしまった。

裕彦はびくりとして、さらに激しく泣き出した。

落ち着け。まず自分が落ち着くんだ。

良平は深呼吸をした。

五歳の子に状況を理解しろと言っても無理だ。裕彦を説得している余裕はない。今にもこの家の残骸は崩れ落ちそうだ。

良平は裕彦の手を引っ張り、無理やり連れて行こうとした。

裕彦はいやいやをし、抵抗した。

「聞き分けをよくしなさい！」

さもないと、加奈子の死が無駄になってしまう。

良平は心を鬼にした。裕彦を強引に引き摺り出す。

裕彦はぎゃあぎゃあと泣き喚《わめ》いた。

良平はもう裕彦を説得しようとはしなかった。ただただ力ずくで引っ張るだけだ。

「お母さん‼」裕彦は泣き叫んだ。

良平の胸は潰れそうになった。

「大丈夫だ。お父さんを信じろ」

俺は幼い息子に嘘《うそ》を吐《つ》いている。

裕彦は引き摺り出されまいと、ばたばたと手足を動かした。

「危ないからやめなさい！」良平は裕彦を厳しく叱《しか》った。

このままじゃ、一家全滅だ。

もし助けに行かなければ、あなただけは助かる。

会社を出るときにひろみが言った言葉を思い出した。

駄目だ。そんな人生はあり得ない。

良平は全力で裕彦をずるずると引き摺った。

「お母さん‼」裕彦はおそらく屋根の一部であったろう木材を摑んだ。

「ヒロ君、放すんだ！　手を怪我してしまうぞ！」

だが、裕彦は泣きじゃくりながら、木材にしがみついている。

木材はささくれ立っており、薄暗がりの中で裕彦の手から血が流れているように見えた。

どうすればいい？　大人が強引に幼児を引き摺り出すのが正しいのか？

あなた。

加奈子が呼んだような気がした。

裕彦の命を助けて。身体と心の傷は後で癒《いや》せばいいから。

良平は頷《うなず》いた。そして、全力で裕彦を引っ張った。

裕彦は絶叫した。

ざくざくと肉が裂けるような音がした。

ふっと裕彦が軽くなった。

良平は裕彦を自分の胸の辺りまで引き摺り出すと、そのまま抱き締め、後ろ向きに家の残骸から這い出ようとした。

背中に重くて硬いものが落下してきた。

衝撃で息ができなくなった。

大丈夫だ。まだ動ける。骨が折れたかもしれないし、内臓が潰れたかもしれないが、まだ動ける。なんとか、裕彦を家から出すんだ。怪我のことを考えるのは、その後でいい。

喉の奥から何かがこみ上げてきた。生臭く鉄臭い。その場にべちゃりと吐き出した。

そして、さらに這い進む。

あと数十センチのところで、家はがらがらと崩れ始めた。

良平は雄叫《おたけ》びを上げると、裕彦を外に放り出し、自分もなんとか這い出そうとした。

凄まじい音に包まれると同時に太腿に激痛が走った。

良平はしばらく動けなかったが、はあはあと呼吸を繰り返し、顔を上げることができるようになった。

雨が降り続く灰色の空を背景に裕彦が震えていた。

よかった。裕彦は無事だ。一家全滅にはならない。

良平は身体を動かそうとした。激痛が走った。もはやどこが痛いのかすらわからなかった。

なんとか背後を振り返ると、家は完全に崩れ落ちていた。瓦礫が良平の両脚の上に載っている。

裕彦が泣きながら近付いてきた。

「駄目だ。こっちに来ちゃ駄目だ。遠くに逃げなさい」良平は必死に言った。喉の奥からまた何かがこみ上げてきた。

「お母さん！」裕彦は瓦礫の中を覗《のぞ》き込んだ。

「何度言えばわかるんだ。逃げるんだ。そして、誰か大人の人を探すんだ。その人に助けて貰《もら》いなさい」

だが、裕彦はその場で泣き続けていた。

無理もない。まだこの子は五歳なのだ。自力で避難などできなくて当然だ。だからこそ、加奈子は自分の命を投げ出して、この子を守った。

そして、今この子を守ってやれるのは俺だけだ。

良平は両脚に力を込めた。

ぴくりとも動かない。

闇雲に動こうとしても駄目だ。よく見て考えるんだ。

良平は背後を見た。

右脚の方がまだ載っている瓦礫の量が少なそうだった。

今度は両脚ではなく、右脚だけに渾身《こんしん》の力を込めた。

ごきりという音がして、脚が少し動いた。

折れたのかもしれないと思ったが、そのまま力を抜かず、ごりごりと動かし続けると、瓦礫の中からすっぽりと右脚が抜けた。

と、同時に瓦礫のバランスが崩れたのか、さらにがらがらと崩れ始めた。

一瞬、左脚に掛かっていた荷重がなくなった。

その瞬間、良平は両腕に力を込め、両脚を瓦礫の中から引き出した。

直後、瓦礫は完全に崩落し、良平と裕彦が通った隙間は消滅していた。

良平は肩で息をし、額の汗を拭い、ごほごほと咳をした。

口を手で拭うと血は出ていたが、出血はそれほど酷《ひど》くはなさそうだった。

両脚を動かしてみた。こちらもそれほど痛くはない。しかし、痺《しび》れたような感覚だった。

立てるだろうか？

不安を覚えたが、ゆっくりと立ち上がってみた。

大丈夫だ。骨折も脱臼もしていない。

一歩踏み出すと、脱力して倒れそうになったが、なんとか踏ん張れた。

この分なら歩けそうだ。

避難しなければ。だが、どこへ？

良平は周囲を見渡した。

壊れていない家も何軒かはあった。

良平はとりあえず、助けを求めようと、その中の一軒に近付いた。

「ごめん下さい。誰かいませんか?」

返事はなかった。

よく見ると、二階の窓の辺りまで泥のようなものが付いていた。雨で流されていない所を見ると、水が引いてからそれほど時間は経っていないようだ。

良平たちの家は土台から引き剝《は》がされ、水に浮いたため、却《かえ》って内部まで浸水しなかったのかもしれない。そのまま瓦礫でできた山に乗り上げる形になり、次々とぶつかってきた他の家に押し潰されたのだ。

おそらくこの付近にはもう住民は残っていないだろう。とりあえず、避難所に行くしかない。とは言っても、どこに避難所があるのかすらわからない。まずは土石流の被害のなかった高台に行くしかないだろう。

「ヒロ君、歩けるかい」良平は裕彦に呼び掛けた。

裕彦はぬかるみに座り込んで、まだしくしくと泣いていた。

良平は裕彦の肩に手を置いた。「心配しなくても大丈夫だよ」

裕彦は顔を上げた。

「お母さんは……きっと後で家の中から出してあげるから」

「えっ?」

「お母さんのことを心配しているんだろ?」

「お母さん?」裕彦はしゃくり上げながら言った。

「そうだ。お母さんが心配なんだろう?」

裕彦は不思議そうな顔をして、誰もいない空間を見詰めた。

「きっと後でお母さんを……」良平は言葉を詰まらせた。

「大丈夫だよ」裕彦は涙を拭った。

「えっ?」

「お母さんは大丈夫だって」まだ泣き顔だが、なんとか喋《しゃべ》ることはできるようになったようだ。

どきりとした。

良平は裕彦の顔を見据えた。「誰が大丈夫って言ったんだい?」

「お母さんだよ」

この子は母親が亡くなったことを受け入れられないのかもしれない。それは当然の反応だろう。

しかし……。

「お母さんはまだお家の中だ」良平は家の残骸を指差した。「覚えているかい?」

裕彦は頷いた。

「だったら、お母さんはここにはいない。わかるね?」

裕彦はまた空間を見た。そして、その後、良平を見た。

「お父さんはここにいるの?」

「ああ。お父さんはここにいるよ」

「お父さんはここにいるって」裕彦は誰に言うともなく言った。

「裕彦、誰と話してるんだ？」

「ここにはいないって」裕彦は良平に言った。

「何のことだい？」

「お父さんはここにはいないって」

「誰が言ってるんだ？」

「お母さん」

どういうことだろう？　単に母親の死が受け入れられないというだけのことなのだろうか？

良平は迷った。

今、ここで母親はすでに死んでしまったのだということを裕彦に納得させることは正しいことなのだろうか？　それとも、逆に死んでしまった母親を生きていると錯覚させることが正しいことなのだろうか？

ついさっき、良平は死んだ妻の言葉を受け取ったような気がしていた。

霊の世界があるのかどうかはわからない。あれは俺の心の中の声なのかもしれない。

いずれにしても、俺に起こったことが裕彦に起こったとしても不思議ではない。おそらく彼もまた加奈子の言葉を受け取ったのだ。

「お母さんの声が聞こえたんだね」

「うん」

「お母さん、何だって？」

「……お父さんの声が聞こえるの？　って」

良平は混乱した。

「どういうことだ？」

「お父さんが、どういうこと？　って」裕彦は空間に向かって言った。

「ヒロ君、何を言ってるんだ？」

「お母さん、泣いちゃった」

「お母さんが泣いた……」

加奈子があの世で悲しんでいるというのだろうか？　でも、どうして裕彦はそんなことを想像したんだろうか？

大きな自然災害が起きた後は、オカルト話が流行するという。しかし、たいていは、数か月から数年経って、事態が落ち着いてからだ。

災害から数年経った後、体験者は語り始める。実は、あの日、こんな不思議なことがあったんだよ、と。

災害の直後は大変過ぎて語る余裕がないという考え方もできるし、年月が災害の苦しみを怪談という形で昇華してくれるのかもしれない。

ただ、現在の目の前の息子の言動は単なる怪談とも違うような気がする。裕彦は現状を受け止めて、それを怪談として再構築している訳ではなさそうだった。ただ、自分の体験を言葉として発しているだけのように思える。

母親の死によって、突然途切れてしまった今までの平穏な生活を継続させようとして、脳が幻の母親を作り出しているのだろうか？　それにしても、加奈子がなくなってからまだ僅かな時間しか経っていない。母親を失って何日も経った訳でもないのに、そんな反応が起こるものなのだろうか？

いや。今、そんなことを分析していても仕方がない。今日はいろいろなことがあり過ぎた。俺自身もまだ混乱している最中だ。裕彦の言動もこのような状況下では普通のことなのかもしれない。心の心配は後でもいい。今大事なのは、この状況下で生き延びることだ。

「ヒロ君、よく聞くんだ」

裕彦は良平の顔を見た。そして、また空間を見た。

良平はその行動の意味を確認しそうになるのをなんとか思い止《とど》まった。

幼い子にこれ以上のストレスを与えても仕方がない。

「これから避難所に行こうと思う」

「避難所？」

「家がなくなった人たちが集まるところだよ」

「どこにあるの？」

「お父さんにもまだわからない。だけど、探せばすぐ見付かると思う。だけど、少し歩かなければならないかもしれない」

「どのぐらい？」

「そうだな。たぶん一時間かそこらだと思う」

「一時間？」

「ええと……夕方までには着くと思うよ」

「夕方までには避難所に着くんだって」裕彦は復唱するように言った。

良平は裕彦が何かに伝えているのを辛抱強く待った。

「それがいいって」裕彦は言った。

「何がいいって？」

「避難所に行くの。いい考えだって」

「お母さんも避難所に行く方がいいって言ってるのかい？」

「うん」

「よし、じゃあ、二人で行こう」

「三人だよ」

「そうだね。三人だね」

良平は裕彦の手を握って歩き始めた。

裕彦はもう一方の手も何かを握るように突き出していた。

4

スマホが鳴った。

加奈子は取り出して画面を見た。

やだ。避難勧告だわ。でも、避難勧告ってどういう意味？　避難しなくちゃいけないの？　しなくていいの？

一応避難の準備だけはしておいた方がいいのかもしれないわね。でも、どこに避難すればいいのかしら？

ここに引っ越してきてまだ数週間しか経《た》ってない。今まで単身赴任だった夫の勤務先の近くに新居を構えたのだ。

引っ越す前の仕事は悩んだ末、辞めることにした。二年ほどの間、別々に暮らしていたのだが、息子の裕彦が小さいうちは、やはり家族一緒に住んだ方がいいという結論で、加奈子はこちらで新しい仕事を探すことにしたのだ。

夫の良平の方が仕事を辞めて戻ってくるという選択肢も考えたが、大企業である良平の勤め先の方が福利厚生がいいため、転職は加奈子の方がすることになった。裕彦の保育園も良平の勤め先の斡旋《あっせん》もあってすぐに決まった。

今は、新しい仕事先を探すのに忙しい日々が続いている。

今日は、朝早く保育園から、大雨・洪水警報が出たので休園にするとの連絡が来た。

職探しに行く予定だったが、大雨の中、裕彦を一人で家の中に放《ほう》っておく訳にもいかず、朝からずっと二人で家の中にいた。

そんなときの避難勧告だ。

外を見ると、バケツをひっくり返したような大雨だ。

この辺って浸水したりするのかしら？

持家ではなく、借家だったこともあって、新居の場所については、あまり気にしていなかったのだ。土地が高いか低いかさえ、わからない。

加奈子はスマホに周辺の地図を表示させた。

指を使って表示範囲を変えると、川が画面に入ってきた。

あら、川なんてあったのね。

加奈子はこのとき初めて周辺の地形に気付いたのだ。

距離を調べると、どうやら堤防から百メートルもないようだ。

川が氾濫《はんらん》することなんてあるのかしら？

念のため、加奈子は付近の避難所を調べた。すぐ近くの小学校がそうらしい。だが、川からの距離はこの家とあまり変わらない。この大雨の中、わざわざ子供連れで行く意味はあまりないような気がした。

家の中にいた方がよさそうね。まさか、洪水なんか起こらないでしょうし。

裕彦は居間で独りブロックを使って遊んでいる。退屈はしていないようだ。

ぐずり出すと大変だから、今のうちにできる家事はやっておいた方がいいわね。と言っても、洗濯はできないし、早目に夕食の用意をしておこうかしら？

台所に向かい、水を入れた鍋《なべ》を置き、コンロの火を付ける。スマホから電話の呼び出し音が鳴ったが、手が離せなかったので、留守番電話に切り替わるのに任せた。ぐつぐつと沸騰し始めたとき、居間に置いてあったスマホがけたたましく鳴り始めた。

裕彦も驚いてスマホの方を見ている。

何？　音、大き過ぎるんじゃない？

加奈子は居間に戻り、スマホの画面を見た。

緊急地震速報！

加奈子は一瞬硬直した。何から始めればいいかわからなかったのだ。

台所の方を見た。

鍋が火に掛かっている。

火を消しに行かなくっちゃ。

台所に向けて、一歩足を進めたところで、思い止《とど》まる。

待って、慌てて鍋のところに行った瞬間に揺れ出したら、熱湯を被《かぶ》ってしまうかもしれないわ。

今、火にかけているのは油じゃない。零《こぼ》れても大事にはならないはず。それに激しい揺れがあったときは自動的にガスは止まるんじゃなかったかしら？

火を止めるのは後でもいい。今しなければならないのは、裕彦と自分の身の安全確保よ。

加奈子は裕彦の元に駆け付け、抱き上げた。「地震が来るの。テーブルの下に行きましょう」

怯《おび》えさせないようにできるだけ、優しい調子で言う。

だが、ぐずぐずしてはいられない。加奈子は裕彦と共にテーブルの下に滑り込んだ。

裕彦がもぞもぞと動いた。

「駄目、ヒロ君、もう少しだけじっとしていて」

自分の呼吸音だけが聞こえる。

来ない。ひょっとして誤報？　誤報なら誤報でいいわ。二、三分待って何も起こらなかったら、テレビを点《つ》けて確認してみよう。

揺れ始めた。

裕彦を抱き締める。

「大丈夫。すぐ止まるわ」裕彦を励ましているようで自分に言い聞かせている。

裕彦は事態を把握していないだろう。

がたがたと揺れが激しくなる。

だけど、たいしたことはないわ。このまま収まりそう。

どん。

テーブルと共に二人は跳ねあがった。

がんがんがんがんがん。

テーブルも椅子《いす》もダンスを始めたかのようだった。台所からは吊《つ》り下げた鍋類が激しく壁にぶつかる音が聞こえた。

加奈子はテーブルの脚を押さえようかと思ったが、それでは裕彦の身の安全が確保できないと気付き、テーブルは放置することにした。そして、そのまま裕彦に覆い被さる。顔だけを上げて周囲の様子を観察する。

テーブルは踊り続けている。あらゆるものが棚から落ちた。隣の部屋から大きな音がした。たぶんタンスが倒れたのだろう。起こすのはきっと大変だ。

せっかく、引っ越しの荷物を納めたばかりだったのに。

加奈子は落胆した。だが、そんなことより今は命を守ることが優先だ。まだ、事態は全く収束していない。

壁から煙のようなものが噴き出した。壁が崩れ始めているようだ。同時に天井からぱらぱらと何かの破片のようなものが落ちてきた。

やだ。家が壊れかけている。このままここにいてもいいのかしら?

家の下敷きになるのはごめんだ。だが、地震が収まっていないのに、外に出ていくことが賢明な行動なのかどうかは判断できなかった。

窓までの距離はほんの二メートル程だ。でも、この揺れの中、窓を開ける動作ができるかしら？　そして、裕彦を連れて安全に外に出ることは？

激しい揺れの中ではなかなか考えがまとまらない。こういうときには下手に動かない方がいいわ。家が倒壊すると決まった訳じゃない。倒壊しても、きっとこのテーブルが守ってくれるわ。

ばりばりばりばりという音が頭上から聞こえてきた。音の大きさからして、単に天井が裂けただけとは思えなかった。きっと梁《はり》が折れたのだ。となると、いよいよ危ないかもしれない。

裕彦を強く抱き締めた。

目の前に良平の顔が浮かび上がった。

もう夫には会うことがないいんだろうかと思った。

ごんという激しい音がした。テーブルに何かが落下したようだった。同時にテーブルの四本の脚のうち二本が折れて、弾《はじ》け飛んだ。天板が斜めになった。夥《おびただ》しい数の木材の破片が凄《すさ》まじい勢いで落下している。周囲どちらの方向からも木の破壊される激しい音が鳴り響き、耳がどうにかなりそうだった。

裕彦は泣き出したようだが、その声すらも聞こえない。

窓の前にも木材の破片が降り積もり、一瞬で覆い尽くされてしまった。

加奈子は絶叫した。

周囲をがらがらと大量の物体が流れ落ちていくのを感じた。

たぶん今できることは何もない。ただ、歯を食いしばって耐えるのよ。

気が付くと、揺れは収まっているようだった。

だが、身体《からだ》が震えているので、本当に揺れていないかどうかは自信がなかった。

裕彦はまだ泣いている。ということは無事なのだ。

家の中は真っ暗だったが、崩壊は止まったようだった。

さて、どうすればいいのかしら?

加奈子は深呼吸した。埃《ほこり》を吸いこんでごほごほと咽《むせ》た。

家の中に留《とど》まるのがいいか、外に這《は》い出るのがいいのか?

家の中にいると、さらに崩壊が発生して、生き埋めになってしまうかもしれないし、火事が起きて焼かれてしまうかもしれない。

一方、無理に外に出ようとすると、それが新たな崩壊を招くかもしれない。

ここにじっとしていて、すぐ助けが来る可能性はあるかしら? これは相当大きな地震だったから、救助態勢が整うには相当な時間が掛かるはずだわ。だったら、多少の危険は冒しても自力で出た方がいいかもしれないわ。

加奈子は周囲の様子を探った。

手にスマホが触れた。偶然、近くに落ちたらしい。

手探りで側面のボタンを押すと、ディスプレイが点灯した。

加奈子たちはテーブルの天板と壁で作られた三角ゾーンの中にいるらしかった。倒壊した家の中で助かった人たちの多くはこういう三角ゾーンの中にいたというのを聞いたことがある。ただし、どこに三角ゾーンができるかの予測は難しいので、意図的に三角ゾーンを利用することはまずできない。

とにかく自分たちは幸運だったと思った。

加奈子は裕彦を三角ゾーンに置いて、そろそろと上半身だけ這い出した。居間には家具と崩壊した建材が混在していた。それらは数十センチから大きいもので一メートル以上あり、その中を進むのは大変そうだった。しかし、天井は大きく傾き、今にも崩れ落ちそうだった。

やっぱり外に出るしかないみたい。

「ヒロ君、お母さんの言うことをよく聞いて」加奈子は三角ゾーンに戻ると、裕彦に言った。

裕彦は泣きながら頷《うなず》いた。

「地震でお家《うち》が壊れかけているの。このままここにいたら、押し潰《つぶ》されちゃうかもしれないの」

裕彦を怖がらせたくはなかったが、ここは真実を言おうと思った。

「怖い……」

「そうね。お母さんも怖いわ。でも、潰されないために、お家から出て行かなくちゃいけないの。だけど、慌てて動いたら、何かにぶつかって、家がすぐに壊れてしまうかもしれない。だから、ゆっくりと出て行かなくちゃいけないの。わかる?」

裕彦は泣き続けていた。

「ヒロ君、答えなさい。お母さんの言うことがわかった?」

裕彦は頷いた。

「じゃあ、お母さんにくっ付いてきて」

加奈子は中腰のまま、そろそろと歩き出した。

一歩毎《ごと》に何かが足の下で壊れる音がした。

大丈夫。何も起きない。このまま、外まで出られるわ。

再びがたがたと家全体が揺れた。

余震？

揺れは数十秒で収まった。

加奈子はまたそろそろと歩き出す。

裕彦は泣きながら、加奈子にくっ付いてくる。

そのとき、人の声のようなものが聞こえた。肉声ではなく、スピーカーを通しているようだ。

何を言ってるの？　重要なこと？

「……命を守る行動をとってください。たった今、……ダムが決壊……まもなく……到達すると予測……命を守る行動をとってください」

命を守るための行動はさっきからずっととっているのに、この上、何をどうしろというのかしら？　まあ、いいわ。とにかくこの家から出ることが最優先よ。放送内容の吟味はその後で充分だわ。

加奈子と裕彦は慎重に進んだ。あと僅《わず》かで窓に届きそうだ。ガラスはすでに割れてなくなっているので、そのまま出ればいい。まずは裕彦を外に出して、わたしはその後で出よう。

聞いたことのない音が聞こえた。どこから聞こえてくるのかわからない。とにかく大音量のノイズのような音だった。

ひょっとすると、今度は大きな余震が来るのかもしれないわ。でも、今は退避行動を続けるしかない。

窓枠に手が触れた。

家全体がぐらりと揺れた。あらゆるものが床の上を滑り、ぎしぎしと擦《こす》れ合う音がした。

余震？

顔に飛沫《しぶき》が掛かった。

窓の外に水が流れていた。

津波？　そんなはずはない。ここは海から遠く離れている。でも、さっき放送でダムがどうかしたと言ってたわ。ということは洪水が起こってるのね。

加奈子は必死で考えた。家から出た方がいいのか出ない方がいいのか？

洪水の規模にもよるが、家の中でじっとしていたら、水位が上がって溺《おぼ》れてしまうかもしれない。まず外に出て高い建物に逃げ込むのが良さそうだわ。

「ヒロ君、先に外に出てちょうだい」

「水が来てる」

「大丈夫。お母さんもすぐに出るから」加奈子は嫌がる裕彦を抱えると、窓の外に下ろした。

思いの外、水位は高く、裕彦の腹の辺りにまで来ていた。

加奈子は焦った。

こんなに水が来ているとは思わなかった。急がなくっちゃ。

窓枠を跨《また》ごうとしたが、焦ったため、手が滑り、家の中に落下してしまった。慌てて立ち上がろうとすると、今度は家がぐらりと大きく揺れた。

もう慎重に動いている場合じゃない。

加奈子は飛び起きると、窓枠を飛び越えようとした。

窓の外に裕彦の姿はなかった。凄まじい勢いで水が流れている。

「ヒロ君！」加奈子は窓枠を越えて水の中に飛び込んだ。

足が付かない。

家の方を振り返ると、家自体が流されていることに気付いた。

裕彦の姿は見えない。

加奈子は水の中に潜った。だが、水が濁っているため、何も見えなかった。

「ヒロ君！」

返事はない。

加奈子は斜めになった家の外壁に攀《よ》じ登った。少しでも高い場所から周囲を見渡そうと思ったのだ。

二十メートル程離れた場所に服のような影が見えた。水面のすぐ下のようだ。

すぐに水に飛び込む。加奈子は水泳が得意な方ではなかったが、なんとかじたばたと影の方に進んだ。

それはやはり裕彦だった。ぐったりとして、全く反応がない。

加奈子は気付いていなかったが、このとき裕彦の意識がなくなっていたのは、彼女にとって幸いだった。もし意識があったなら、裕彦は加奈子にしがみ付くことになり、二人とも溺れていただろう。

加奈子は裕彦の顔を水の中から引き上げた。だが、意識は戻らない。

加奈子は今までの人生でこれほどの恐怖を感じたことはなかった。全身ががくがくと震え、どうしても止まらない。

「助けて‼」加奈子は自分も半ば溺れ、水を飲みながら叫んだ。「誰《だれ》か、この子を助けて‼」

だが、返事はなかった。

加奈子は裕彦の口に顔を近付け、呼吸音を確認しようとしたが、雨と水の音が大き過ぎて、よくわからなかった。

呼吸が途絶えているのなら、数分で脳に障害が起こり、低酸素脳症に陥る。そして、もし心肺停止していたなら、処置を施さなければ十分程度で死に至る。猶予はない。

加奈子は家の方を見た。

相当離れている。そして、こうしている今もさらに離れていくのがわかる。水に流されているのだ。

加奈子は裕彦を抱えたまま懸命に泳いだ。だが、全く進まず、距離は開くばかりだった。

駄目だわ。家に戻ろうとしても無駄だわ。どこか別の場所に向かわないと……。

加奈子は何か摑《つか》まれる場所はないかと、振り向いた。

目の前に瓦礫《がれき》の山が迫っていた。

もう一瞬、気付くのが遅かったら、加奈子は対応できずに、そのまま流され続けたかもしれない。だが、幸運なことに傍《そば》を通り過ぎる直前にその存在に気付いていたため、なんとか瓦礫の端を摑むことができた。それは非常に不安定で、がたがたと揺れたが、加奈子は懸命に這い上った。

右手は裕彦を抱えているため、上るのに使えるのは、左手だけになる。何度か滑り落ちそうになったが、気が付くと、全身が水面から出ていた。

水流の勢いがやや落ちてきたため、流されてきた瓦礫が取り残され、それが集積し、高さ二、三メートルの一時的な山を作ったようだ。様々な瓦礫の集積体なので、いつ崩壊するかわからないが、今はこの場所に頼るしかない。

加奈子はできるだけ高い場所に裕彦を仰向《あおむ》けに横たえた。

どうするんだっけ？

まずマウス・トゥ・マウスで、空気を送り込もうとしたが、うまくいかない。空気が肺にまで届いていないようだ。

そう言えばテレビで、最近は人工呼吸より心臓マッサージを優先するとか言ってたような気がするわ。

加奈子は裕彦の胸を強く押さえた。

口から少し水が出た。

肺の中に水が？

加奈子は裕彦をいったん横向きにして水を吐かせてから、もう一度仰向けにし、胸を押さえた。

裕彦は再び水を吐くと共に、咽だした。

「よかった！　生きているのね！」加奈子は喜びのあまり、その場にへたり込んでしまった。

裕彦は激しく咳《せ》き込み、そして震え出した。

「寒いの？」加奈子は尋ねた。

だが、裕彦はぼんやりと遠くを見詰めるだけで、返事をしない。

たぶんショック状態なんだわ。

「動ける？」

裕彦に反応はない。

加奈子は裕彦を立たせてみた。

なんなく立ち上がる。だが、ぼんやりとしていて、声を掛けても返事はない。

加奈子は不安になったが、とりあえず今は生き延びることが優先だ。

少し高い場所からもう一度周囲の状態を確認した。

さっきは随分遠く見えたが、自宅はほんの三、四十メートル先にあった。近くに何軒も他の家があり、それぞれがゆっくりと移動しているように見えた。

土台からもぎ取られた家が集団で流されてるんだわ。

水への抵抗や浮力の違いからか、それぞれの家が流される速度はばらばらだった。今、一軒の家が加奈子たちの自宅にぶつかった。激しい音を立てて、家が崩壊する。

加奈子はただ呆然《ぼうぜん》と見詰めた。あまりにいろいろなことが起きたため、自宅が潰れるのを見ても、もはやさほど心は動かなかったのだ。

どうせ借家だしね。でも、家財道具は勿体《もったい》ないかも。きっと殆《ほと》ど流れてしまったわ。

二つの家はひと塊となり、さらに別の家にぶつかった。自宅は二つの家に挟まれる形になり、ぐしゃりと潰された。

もしあの家の中にいたらと思うとぞっとした。

加奈子はしばらく瓦礫の山の上で時間を過ごした。ここで救助を待つしかない。身体が濡《ぬ》れて体温が奪われるのが心配だが、今はどうしようもない。裕彦を抱き寄せ、互いの体温で少しでも冷えるのを防ごうとした。

良平はどうしているだろうかと思った。さっき見た地図によると、良平の職場はここより下流だ。だから、水流も弱まっていて、きっと無事だ。たぶん今頃《いまごろ》はもうこっちに向かってきているはずよ。

加奈子は自分の心にそう言い聞かせた。

やがて、徐々に水が引き出した。まだ脛《すね》ぐらいまではありそうだが、殆どが泥で人間が流されるような状態ではない。

加奈子は自宅の中がどうなっているか、確認することにした。電化製品は絶望的だと思ったが、ひょっとすると金庫は無事かもしれない。預金通帳や印鑑が残っていれば、結構助かるだろう。

ただ、子連れで家の中を覗《のぞ》くのは危険かもしれない。加奈子は少し迷ってから、裕彦をここで待たせておくことにした。おそらくもう大きな危険はないと思ったのだ。

「お母さんは家の方を見てくるから、ヒロ君はここで待っていて」加奈子は家の方に向かった。

家の中は酷《ひど》い有り様だった。と言っても、見えたのは入り口からすぐのところだけだ。奥の方は真っ暗で何も見えない。

この中に入るのは止《や》めた方が良さそうね。きっと事態が落ち着けば重機が運び込まれるだろうから、金庫の確認はそれまで待つことにしよう。

加奈子は瓦礫の山の方に戻ろうとした。

裕彦の姿が見えない。

「ヒロ君！」加奈子は駆け出そうとした。

そのとき、裕彦が家のすぐ傍にいることに気付いた。どうやら知らない間についてきたらしい。

「駄目じゃないの、ヒロ君。待っていてって言ったでしょ」

裕彦は泣いていた。

「お母さん！」

「どうしたの？」

加奈子は裕彦の手から血が流れているのに気付いた。

いつの間に怪我《けが》をしたのかしら？　でも、今は手当てができない。せめて綺麗《きれい》な水があれば……。

裕彦はぬかるみの中に座り込んでいた。

加奈子もしばらく途方に暮れて、立ち尽くしていた。

「えっ?」突然、裕彦が言った。

「どうしたの?」

「お母さん?」裕彦は不安そうに加奈子の顔を見た。

「どうしたの、お母さんがわからないの? 大丈夫。お母さんはここにいるわ」

すると、裕彦は誰もいない方を向いた。「大丈夫だよ」裕彦は涙を拭《ぬぐ》った。

「どうしたの? 誰と喋《しゃべ》ってるの?」加奈子は嫌な予感がした。

「お母さんは大丈夫だって」裕彦は空間に向かって話している。

加奈子はぞっとした。

裕彦は良平と喋っている。そう直感したのだ。

あの人は息子のことが気掛かりで、霊になってここまで帰ってきたんだわ。……いいえ。まさか。きっとあの人は無事よ。そうに決まっている。

「お母さんだよ」裕彦はまだ空間に向かって喋り続けて、頷いている。

訊《き》いたら取り返しがつかないことになりそうな気がする。だが、訊かずにいることはできなかった。

「ヒロ君、お父さんは……お父さんはここにいるの?」

裕彦は少し困った顔をした後、空間に向かって言った。「お父さんはここにいるの?」

加奈子は後悔した。訊いてはいけないことを訊いてしまった。このまま裕彦の心に蓋《ふた》をしておくべきだったかもしれない。

「お父さんはここにいるって」裕彦は屈託なく答えた。

裕彦の言葉を認めたい一方で認めたくない気持ちもあり、加奈子は葛藤《かっとう》した。

良平がこの災害で命を落としていたとしても、おかしくはない。だが、そんなことは簡単には認めたくない。良平の身に何かあったという根拠は何一つないのだ。一方で、良平の死などという発想が全くないはずの裕彦に良平の姿が見えていることが気になった。もしかしたら、本当にそこに良平がいるのかもしれない。

加奈子は首を振った。

そんなことは認められない。

「ヒロ君、よく聞いて。それは気のせいなのよ。お父さんはここにはいないの」

「ここにはいないって」裕彦は空間に言った。「お父さんはここにはいないって」

幻に向かって、あなたは存在しないと言っているんだろうか？　もし大人がやっているとしたら、滑稽《こっけい》なコントに見えたかもしれない。

「お母さん」裕彦は言った。

幻に何かを訊かれたようだ。

加奈子は迷った。

裕彦にそれは幻でお父さんはきっとすぐに見付かるよ、と言うべきかしら？　だが、それは気休めに過ぎない。良平の消息は全くわからない。裕彦は心細いのだ。だから、幻であっても、父親が必要なのかもしれない。

「ヒロ君、お父さんの声が聞こえるの？」

「うん」裕彦は加奈子に答えたのか、それとも幻に答えたのかわからなかった。

「……お父さんの声が聞こえるの？　って」裕彦は空間に言った。

加奈子は裕彦の反応を待つことにした。

「お父さんが、どういうこと？　って」裕彦は加奈子の方を見た。

加奈子は実感した。そこに良平はいる。それはつまり……。

「お母さん、泣いちゃった」裕彦は空間に報告した。

5

加奈子は裕彦を連れて、避難所へと向かっていた。

裕彦は「お父さん」と話し、避難所に行くことになったと言った。

それは本当のお父さんじゃない。

そう言おうかどうか、加奈子は迷った。

一時的なショックでお父さんの幻を見ているだけよ。

そう言ってしまえば、裕彦の見ている良平の姿は消えてしまうのかもしれない。だけど、それは本当に正しいことなのかしら？　今の裕彦にとって、両親が揃《そろ》った家族はとても重要なものなのかもしれない。その理想を敢《あ》えて打ち砕く意味がどこにあるのかしら？　今はまだいい。裕彦に現実を受け入れさせるのは、現実を受け入れる準備ができてからでいい。

「お母さんもそれがいいと思うわ」加奈子はずぶ濡れのままの裕彦に言った。「お父さんにそう言って」

「それがいいって」裕彦は空間に向かって言った。「避難所に行くの。いい考えだって」

「お父さん」は裕彦に何かを答えたようだ。

「うん」裕彦は返事をした。

話は纏《まと》まったようだ。そもそも、提案したのは「お父さん」の方からなので、当然だろう。

「よし、じゃあ、二人で行こうね」加奈子は言った。

「三人だよ」

「そうだね。三人だね」

裕彦は両腕をYの字の形に持ち上げて、片手で加奈子の手を握り、歩き始めた。

最初、何をしているのかわからなかったが、そのうちもう一方の手は「お父さん」の手を握っているのだと気付いた。

加奈子の心に、悲しみと愛情と不気味さと、その他ありとあらゆる感情が押し寄せた。

単に精神的な問題ではないのかもしれない。

加奈子は不安を覚えた。

裕彦は水中で窒息し、しばらく呼吸が止まっていた。ひょっとすると、心臓も止まっていたかもしれない。その間に、脳に損傷があったのかもしれない。

心臓は大雑把に言えば、単なるポンプに過ぎない。感情の起伏に敏感に反応するため、大昔にはそこに心が存在すると思われていたが、現代ではそれは誤りだったと考えられている。心臓は重要な臓器だが、その構造や働きは比較的よく理解されている。

だが、脳は違う。人間の精神はそこで産み出されていると考えられているが、その原理や機能の解明は殆ど手付かずの状態だと言ってもいい。解明への最大の障害は、人間には精神そのものを観察する手立てがないことだ。人間が感じとれる精神は自分の精神だけだ。たとえ、家族であったとしても、自分以外の精神を感じとることは全く不可能なのだ。もちろん、脳波や血流を測定することで、脳の活動を知ることはでき、それから精神状態を推測することはできる。だが、それは「怒っている」「楽しんでいる」「目を使っている」「リラックスしている」「計算している」といった程度であって、具体的に、どのような思考を行っているのかはわからないのだ。

だから、脳の機能は推測するしかない。コンピューターの働きに似ているというのも、推測に過ぎない。単なる論理回路の集積体であるコンピューターをどんどん複雑にしていけば、いつかは人間のような知性に至るという考えもある。しかし、意識や自由意思の正体も、その発生の仕方も、現時点では誰も知らないのだ。

人間の脳の内部には、自分の知っている人間と関連している領域があるのかもしれない。その人物と会ったとき、もしくは電話で話しているとき、あるいは単に思い出しているとき、その領域が活性化するのかもしれない。

裕彦の脳はダメージを受けたため、父親である良平に関連する領域が常に活性化している状態なのかもしれない。

もちろん、これは専門家でもなんでもない加奈子の単なる推測に過ぎないが、科学的に考えるなら、今起きている現象の原因はこういうことになるのではないかと思った。

しかし、もう一つの非科学的な原因も加奈子の頭から離れなかった。裕彦の見ているものは彼の脳の中ではなく、外に存在しているのではないかということだ。もちろん、それは物理的なものではあり得ない。となると、それは霊的なものであるということになる。

加奈子はなんとか、その考えを頭から追い出そうとした。単に非科学的な考えに捉《とら》われるのはよろしくないというだけではない。もし、良平の霊がそこにいるとしたら、それは良平が死亡してしまっていることを意味するからだ。加奈子は良平の死など受け入れる気はさらさらなかった。だから、裕彦の見ているものは幻であってくれないと困るのだ。

加奈子は高台にある避難所の場所など知らなかったが、裕彦はどんどん瓦礫と泥水の中を進んでいく。

「ヒロ君、避難所の場所を知ってるの？」加奈子は念のため、尋ねてみた。

裕彦は首を振った。「知らないよ。でも、お父さんがたぶんこっちだって」

えっ？　それって、わたしたちは幻に導かれていたってこと？　危ない。危ない。

「お父さん、避難所がどこにあるか知ってるの？」加奈子はさらに尋ねた。

「お父さん、避難所がどこにあるか知ってるの？」裕彦は空間に尋ねた。そして、何かを聞いているふうな表情をした後、こう言った。「お父さんも知らないけど、高台に行けばたぶんあるんじゃないかと思うって」

筋の通った答えだわ。家の近くの避難所である小学校も含めて、低い土地は洪水に襲われているので、いずれにしても高台に向かうしかない。現に、二人が進んでいる道はかなり勾配《こうばい》は緩いが、上り坂になっている。でも、どうして、裕彦はそんなことを思い付いたのかしら？

「ヒロ君、そんなこと誰に聞いたの？」

「今、お父さんに聞いたんだよ」

まあ、そういう答えになるでしょうね。

加奈子は考え込んだ。

きっと、保育園で先生たちに、そういう話を聞いたんだわ。それが潜在意識に残っていて、幻の「お父さん」の言葉を通して現れたのよ。そう考えるのが合理的だわ。というか、そう考えるしか説明は付かない。

裕彦はずっと両腕を上げている。

疲れるんじゃないかと思ったが、それを指摘するのはやめておいた。本人が手を繋《つな》いでいると思っているのに、それを否定したら混乱してしまうんじゃないかと考えたのだ。

それに、いくら何でも本当に疲れたら、そのうち腕を下げるはずだしね。

坂を上るにつれて、地面を覆う水は少しずつ浅くなり、ついに単なるぬかるみのようになってきた。雨も小降りになり、さっきよりも少し空が明るくなったような気がする。

街の壊れ方も自宅の近く程ではないようだ。周囲を見渡すと、彼女たち以外にもぽつぽつと人影があった。みんな同じ方向を目指しているようだった。

加奈子は一緒に進んでいる者たちが本当に人なのかどうか不安になって、目を凝らして確認した。なんだか、自分たちが死出の道へと赴く亡者たちのような気がしたのだ。

だが、彼らは紛れもなく生きている人間だった。疲れ果ててはいたが、足を引き摺《ず》りながら、高台を目指していた。

さらに十分程進むと、殆どの家が崩壊していない地域に入った。

ほんの一キロかもっと近い距離にあるというのに、これほど被害に差があるのだということをまざまざと見せつけられ、加奈子は打ちひしがれる思いだった。家を選ぶときに自然災害のことなど全く考えていなかったことを強く後悔した。

だが、今更悔やんでも仕方がない。

加奈子は意識的にネガティブな考えを頭から振り払った。

到着したのは、近くの中学校だった。避難所に指定されているらしい。

百人以上の人々が校庭で途方に暮れたように立ち尽くしていた。

小降りとはいえ、まだ雨は降っているし、身体を乾かす必要がある。加奈子は裕彦を連れて体育館へと向かった。

体育館の中では慌ただしく人々が動いていた。床にシートを敷いたり、マットを運び込んだりしている。どうやらまだ避難所の形にはなっておらず、これから避難所になるところらしい。校庭にいた人々は準備が終わるのを待っていたのだ。

加奈子は自分も何か手伝えないかと思ったが、段取りがわからない者がいきなり入っても、迷惑じゃないかと躊躇《ちゆうちよ》した。

尋ねてみて断られたら、諦《あきら》めればいいかと思い、働いている人の一人に声を掛けようとした瞬間、逆に声を掛けられた。

「申し訳ありません。ひょっとして坂崎さんじゃありませんか?」振り向くと、見知らぬ若い女性が立っていた。スーツ姿だが、びしょ濡れで泥に塗《まみ》れている。

この人、きっと大変な目に遭ったのね、と思ったが、考えてみると自分の姿もほぼ同じだ。

「はい。そうですが」

「申し遅れました。わたし、坂崎さんと同じ部署で働いている佐藤ひろみと申します。以前、ご家族の写真を見せて貰《もら》ったことがあったので、失礼かと思ったのですが、声を掛けさせていただきました」

「会社の方はここまで逃げて来られたんですか?」

会社からここまではかなり距離があるのに?

加奈子は怪訝《けげん》に思った。

「いえ。会社にいた人たちはだいたい近くの避難所に逃げたと思います。……逃げられた人は……」

ひろみの言葉に含まれている意味を考え、加奈子は悲鳴を上げそうになった。

駄目。怖がらないで。裕彦が怯えるわ。

「あの。主人はどこに……」

ひろみの表情からは明らかに恐怖の色が読み取れた。

ああ。どうして、こんなことを訊いてしまったんだろう。きっと、この人の口からは聞きたくない言葉が出てくるのよ。

「……じゃあ、ご一緒ではなかったんですね」

「どういうことですか？」加奈子はつい問い詰めるような口調になってしまった。「主人は今日会社のはずでしたけど」

「はい。地震のときもダムの決壊のときもご主人は会社におられました」

「だったら、一緒に避難したんじゃないんですか？」加奈子はなんとか不安を飲み込んだ。

「ご主人は一人で会社を出て行かれました」

「どういうことですか⁉　一人で避難したということですか⁉」思わず語気が強くなった。

ひろみは首を振った。「避難したのではありません。……その、ご自宅に向かわれたのです」

「自宅に……」加奈子は目を見開いた。「どうして……」

「ご家族を助けに行くと言われて……」

「家の近くは大変な洪水だったんです……」加奈子は呆然と言った。

ひろみは無言で頷いた。

「主人は今どこですか⁉」

「わかりません。ひょっとして、ご自宅の近くで、洪水の被害を受けていない避難所におられるかと思って、ここに来たのですが……」

加奈子は目を吊り上げ、ひろみの肩に摑みかかった。「どうして、一人で行かせたんですか⁉どうして止めてくれなかったんですか⁉」

ひろみの唇はわなわなと震えていた。

「主人はどこですか⁉　ここに連れてきてください‼」加奈子は金切り声を上げた。

「お父さんはここだよ」裕彦が呟《つぶや》くように言った。

「えっ？」ひろみは周囲を見た。

「ヒロ君、黙っていなさい‼」加奈子は裕彦を怒鳴り付けた。

裕彦は顔を顰《しか》め、しくしくと泣き出した。

息子の泣く姿を見て、加奈子は我に返った。「ごめんなさい。少し取り乱してしまって……」

「わたしこそ、急に驚かせてしまってすみません。実はご主人がご自宅に向かわれるとき、お止めしようとはしたんですが、わたしには無理でした」

「そうですね。主人は頑固者なので、いったん行くと決めたら止められませんね」

「お止めできなかったことが気になって、それでご主人をお探ししていたんです」

「つまり……」加奈子は呼吸するのさえ、難しくなってきたが、なんとか喋り続けた。「会社を出て以来、誰も主人を見ていないということですか？」

「……そういうことになります」

「手掛かりはないのですか？」

「申し訳ありません」

加奈子はその場に座り込んだ。

落ち着いて。単に行方不明になっているだけだわ。きっと今頃、あの人もここを目指しているはずよ。

「奥様、大丈夫ですか？」

「大丈夫です。あなたはこれからどうされるんですか？」

「会社の近くに部屋を借りていたんですが、そこも被災してしまいました。会社もしばらくは復興できないでしょうから、しばらく実家の方に戻ろうと思ってます」

「じゃあ、今からそちらの方に？」

「いえ。今日はご主人をお探ししようと思ってます」

ひろみの言葉には決意のようなものが滲《にじ》み出ていた。

その様子に加奈子はなぜか不安を覚えた。

ああ。わたしったら、こんなときに何嫉妬《しっと》しているのかしら？　そんなことはあの人の無事が確認できてからでいいのに。

「失礼します。お話が耳に入ってきたのですが」中年男性が二人に話し掛けてきた。「ひょっとして、坂崎良平さんのご家族の方ですか？」

「はい」加奈子は答えた。「会社の方ですか？」

「いいえ。わたしは違います」中年男性は慌てて言った。

「主人とはどこでお知り合いになられたのでしょうか？」

「わたしは命を助けて貰った者です。斉藤重雄《さいとうしげお》と申します」

「主人がですか？」加奈子は面食らった。夫が誰かの命を救ったというのは初耳だった。

「はい」

「いつ頃のことでしょうか？」

「今日です」

「今日⁉」加奈子より先にひろみが言った。「今日のいつですか？」

「ほんの、二時間前です」

「それはつまり……」加奈子は言葉に詰まった。

「はい。街が洪水に襲われたときです。ご主人とは今日出会いました」

「主人は……主人は今どこでしょうか？」

「それは……わたしにもわかりません」

「どういうことですか？　わからないって。あなたは主人に命を助けられたっておっしゃったではないですか？　だとしたら、主人の居場所もご存知なんじゃないんですか？」加奈子は斉藤に詰め寄った。

「奥さん、まずは落ち着きましょう」ひろみが加奈子を制止した。「この方はわたしより後にご主人に会っておられます。だとしたら、直接はご存知ないとしても、この方のお話をお聞きすれば、ご主人の居場所がわかるかもしれません。とにかく何があったかをお聞きしてはどうでしょうか？」

そう。この人を問い詰めても仕方がない。まずは知っていることをすべて話して貰って、それから何をすればいいか考えよう。

「斉藤さん、あなたと主人に何があったのですか？」加奈子は自制しながら尋ねた。

「ご主人とわたしは二人とも、人々が避難するのに逆らうように川上に向かって進んでいました。そのことでお互いに気付き、話をしたのです。そのとき、お名前やご家族のことを伺いました」

「避難するのに逆らうように？」

「わたしの家はこの近くにありました。坂崎さんのお宅もこの近くですよね？」

加奈子は頷いた。

「二人とも家族のことが心配で、避難の流れに逆らって進んでいたのです」

「馬鹿なことを……」加奈子は口を押さえた。夫の行動は嬉《うれ》しかったが、反面自分の命を優先して欲しかったのだ。

「わたしたちは、ダムが決壊したといっても、いったいどの程度の水量かわかっていなかったのです。だから、堤防の上を走ることにしたのです」

「堤防って川のすぐ横じゃないですか！」

「ええ。大変危険な行動でした。しかし、一刻も早く家族の元に向かうには、それが最善のように思ったのです」斉藤は続けた。「わたしは途中で完全にばててしまいました。そこで、ご主人に先に行くようにと言ったのです。わたしは少し休憩してから後を追うから、と。ご主人は少し迷われてから先に進まれました。わたしのことを気遣いながらも、やはりご家族のことが心配だったのでしょう。わたしは走ることができないまま、とぼとぼと前に進みました。そのとき、あれが見えたのです」

「土石流ですね」ひろみが言った。

斉藤は頷いた。「最初は何かわかりませんでした。目がおかしくなったのかと思いました。とてつもなく大きな雲のようなものが凄まじい速度で近付いてきていました。ご主人は一瞬、立ち止まると、方向転換し、こちらへと走って戻ってこられました。わたしはだいたいのことを察しました。あれは死神なのだと。あれでは、もう助からない。きっと、家族ももう死んでしまったんだと。わたしは安らかな気持ちで、それを見詰めていたのです。ご主人はわたしの位置まで走ってこられました。逃げないと危ないですよ。確かそうおっしゃったと思います。しかし、わたしは一緒に逃げようとは思いませんでした。家族が死んでしまったとしたら、生きていても仕方がないと思ったんです。今から考えてみると、家族が亡くなったかどうかなんて、わかるはずはないんです。でも、あの恐ろしい水と土と石と流木と何かわからないものの塊を見た瞬間、ああ、もう家族はいないんだな、と直感したのです。逃げますよ。そんな声と共にわたしは手を摑まれました。わたしは逃げるのを拒否しました。すると、ご主人は言ったのです。家族に会いたくないんですか。避難してるかもしれないじゃないですか、と。そうです。わたしは思い込んでいたのです。家族はみんな一緒に逃げなくてはいけないと。わたしだけで逃げたり、わたし抜きで逃げたりはあり得ないと。しかし、ご主人はわたしに言ったのです。津波てんでんこですよ、と。そして、わたしはご主人と一緒に走り出していました。たとえ家族であっても、みんながばらばらに逃げてもいいんだと気付いたんです。みんながばらばらに逃げて、みんながばらばらに助かれば、また家族一緒になれる。逃げるチャンスがあるのに、逃げなかったりしたら、それでもう永久に家族に会えなくなるんだと。わたしたちは必死に走り続けました。轟音《ごうおん》は物凄《ものすご》い速度で追いついてきました。わたしたちは何かに背後からぶつかられ、そして弾き飛ばされました」

「そのときまで主人と一緒だったんですね」

「はい。そのときまでは。そして、次に気付いたとき、わたしは濁流の中にいました。堤防も川も住宅地も一瞬で消え失《う》せ、目の前には圧倒的な水だけが存在していました。わたしは懸命に泳ごうとしましたが、水に翻弄《ほんろう》され、手も足も出ませんでした。そのとき、何かがわたしを搦《から》め取るようにして、水から引き上げたのです。それは電線のようでした。その先を見ると、水の中から先端だけが突き出ている街路樹に引っ掛かっており、なんとか固定されているのがわかりました。わたしは電線を辿《たど》って、街路樹の方に向かいました。周囲には様々なものが流れていました。家や車や、そして人も」

「主人は？　主人もその電線に摑まっていたんですよね？　主人は今どこにいるんですか？」

斉藤の目からは大きな涙が零れた。「わたしはご主人を見付けました。近くの別の街路樹の細い枝に掴まっておられました。ご主人はわたしに大丈夫ですかと声を掛けてくださりました。でも、わたしには返事をする余裕もなかったのです。そして、次の瞬間、ご主人が掴まっていた細い枝は折れてしまいました。ご主人は濁流に飲み込まれ、水面に出てくることはありませんでした」

「何を言ってるんですか？」加奈子は言った。「何をおっしゃっているのか、意味がわかりません。わたしは、今主人はどこにいるのかって訊いてるんですよ」

「ご主人は……濁流に飲み込まれたのです」

加奈子はもはや斉藤が何を言っているのか、理解できなかった。

仕方がないので、ただぼんやりとその口の動きを眺めていた。

6

高台に向かって登っていくと、そこに避難所らしき学校が見えてきた。

良平は裕彦の手を引いて、校庭に入った。

裕彦はまだ両腕を上げていた。もう一方の手を妻が握っているということらしい。

良平は裕彦のもう一方の腕を押さえて、下げさせた。

裕彦は怪訝《けげん》そうな顔で良平を見た。

「そっちの手を上げるのはやめようね。みんながおかしいと思うから」

裕彦は納得がいかないようで、また腕を持ち上げた。

「だから、もうお母さんは……」良平はどう言って裕彦を説得していいか、わからなくなってしまった。

そのお母さんは幽霊だから、みんなには見えないんだよ。

これでは、ストレートに彼の心を傷付けてしまう。もっと優しい言い方じゃないと駄目だ。

そのお母さんはヒロ君の心の中にしかいないから、みんなには見えないんだよ。

そう、こっちの方がいい。

どうして、僕の心の中に入ったの？

それはね、ヒロ君が寂しくないようにだよ。ヒロ君の心の中に入れば、いつでも一緒だからね。

これでいいのか、こんなことで納得させられるのか？

良平には皆目見当が付かなかった。

下手なことは言わない方がいいかもしれない。今、裕彦の心の中で何が起こっているのか、俺には理解できていない。それなのに、素人考えで適当なことを吹き込んだりしたら、後でそれが精神に重大な影響を与えてしまうかもしれない。目の前で母親が死んだことは理解できていないとしても、母親が家の残骸《ざんがい》に押し潰されたことは見たはずだ。彼の心は今とてつもないストレスに曝《さら》されている。そっとしておくのが一番だろう。

良平は裕彦に何も言わないことにした。

二人は体育館に向かった。

体育館では被災者を受け入れるための準備が行われていた。

「ヒロ君、ここで待っていなさい。お父さんは今からみんなのお手伝いをして……」

「坂崎さん！」突然、背後から呼ばれた。

振り返ると、そこにはひろみがいた。

「佐藤さん、どうしてここに？」良平は驚いて言った。「会社からここまで結構あるだろ」

「坂崎さん、ここにいたのね。あの後、土石流が会社まで押し寄せたのよ」

「会社のみんなは？」

「土石流が来るまでに逃げた人たちがどうなったのかはわからない。会社に残っていた人たちはとりあえず四階に上がったの」

「四階までは水が来なかったんだね」

「三階と四階の間の階段までは来ていたわ。もうみんな覚悟はしていたと思う。だけど、幸運なことに、それがピークで水は急速に引き始めたのよ」

「会社の辺りは結構勾配が急だからね。水はもっと下流側に溜《た》まったんだろう」

「それでも、まだ水は腰ぐらいまであったけど、みんなは泥水を掻《か》き分けて、近くの小学校に向かったの。そこが避難所になっていると知っている人がいて……」

「君はどうしてその避難所に行かなかったんだ？」

「一度は行こうと思ったの。でも、坂崎さんのことが気になって……」

「俺のことが？」

「わたしはあなたを止められなかった」

「……津波てんでんこのことか？」

ひろみは頷いた。「わたしが止められなかったせいで、坂崎さんに何かあったらどうしようかと思って……」

「……君に止められなくてよかった」

「えっ？」

「もし君に止められていたら、俺は家族を二人とも失っていたことになる」

「どういうこと？」ひろみは裕彦を見た。「まさか……」

「妻は亡くなった」

「そんな……行方不明なんでしょ？　だとしたら、まだ希望は……」

良平は首を振った。「行方不明じゃない。俺自身が確認した」

ひろみは目を見開き、呆然とした。「奥様を看取《みと》ったということ？」

「俺が駆けつけたときにはすでに亡くなっていた。この子を守ったまま」

「じゃあ、お子さんは奥様が亡くなるのを見てたの？」

「ああ。ただ、幸運なことにこの子はまだ事態を把握していないようだ」

「奥様を見ていたのに?」

「不思議なことなんだが、この子にとって母親はまだ生きているようなんだ」

「単に眠っているだけだと思ってるのね」

「そうじゃなくて、ここにいると思っているようなんだ」

「それはつまり幽霊とかそういうこと?」

「そうなのかもしれない。あるいは、単なる幻覚なのかも……」

ひろみは黙った。

「気味が悪い話だろ?」

「そんな……」

「でも、俺は全然怖くないんだ。もし本当に加奈子の幽霊がいるのなら、俺自身が会ってみたいと思っている。この子のおかげでなんだか加奈子を身近に感じられるんだ」

「お父さんはここだよ」裕彦が呟くように言った。

「今、この子は母親に報告したんだ」

「報告?」

「母親に俺はここにいると報告したんだ」

「どういうこと?　逆じゃないの?　坂崎さんに霊である母親がここにいると教えるならわかるんだけど」

「それがどうやらそうじゃないらしいんだ」

「なんと、ここにおられたんですか！」中年男性が近付いてきた。

「あなたも助かったんですか？」良平は男性に言った。「ええと、お名前は……」

「斉藤です。斉藤重雄と申します」

「それで、あの……ご家族の方は……」良平は訊き辛《づら》そうに言った。

「それがまだわからないのです。あなたの方のご家族は無事だったようですね」斉藤は裕彦とひろみを見て言った。

ひろみは困ったような顔をして俯《うつむ》いた。

「ああ。この人は違うんです」良平は言った。「妻ではありません。会社の同僚です」

「これは失礼しました。それで、奥さんの方は……」

「子供は助かりました」良平は裕彦の肩に手を置いた。「しかし、妻の方は駄目でした」

「あの……それは確かなんですか？」斉藤は言った。

「単に行方不明ではありません。わたし自身が遺体を確認したんです」

「そうだったのですか」斉藤は誰もいない場所をじっと見てしくしく泣いている裕彦の方を見た。

「あの、お子さん、大丈夫ですか？　単にショックを受けているだけかもしれませんが」

「今もその話をしていたんです。あの子には母親が見えているようです」

斉藤はしばらく黙っていた。良平の言葉の意味を図りかねているのだろう。

「わたしがそれをどう思っているのかと考えてらっしゃるんですね」良平は助け舟を出した。

「息子と同じように信じているのか、それとも単なる幻覚だと思っているのか。あなたは間違った対応をしないように気を遣っておられる」

「はあ。まあ……」

「彼女だってそうです。わたしの正気を疑っている」

「そんなことは言ってないわ」ひろみは慌てて否定した。

「口では言ってないが、顔に書いてある」

「で、どっちなの?」

「ふむ」良平は腕組みをした。「自分でもまだ理解できていない」

「ご自分の心がですか?」斉藤が尋ねた。

「そういうことでしょうね」良平は答えた。

「これだけのことがあったのだから、当然でしょう。わたしだって、できれば家族の姿を見たい。強く見たいと思えば見えるものかもしれません」

「しかし、わたしには見えない。見えるのは息子にだけです」

「子供は現実と空想の垣根が曖昧《あいまい》だからだと思うわ。あなたは義務感から現実を受け入れているけど、小さな子にそれは酷すぎるわ」

「確かにそうなんだけど、妙に辻褄《つじつま》が合っているというか……」

「わたしは精神について詳しい訳ではありませんが」斉藤が言った。「ひょっとしたら、あなたと息子さんは共同で幻想を作り上げようとしているのかもしれませんよ」

「わたしは幻覚など見ていませんよ」

「でも、息子さんが奥さんの姿を見ていると思ってますよね」

「それは事実ですから」

「でも、実際、あなたにはそれが事実だと確かめる術《すべ》はないんですよね」

「ちょっと待ってください。あなたはうちの子が嘘《うそ》を吐《つ》いているとおっしゃるんですか？」良平は不快感を隠そうともせずに言った。

「そういう訳ではありません。ただ、この年齢だと願望と現実の区別がまだ付かないんじゃないかと」

「わたしも願望を現実と混同していると？」

「だから、そういうことではないんですよ」

「二人とも落ち着いて」ひろみが割って入った。「坂崎さんは奥さんのことで悲しんでるし、斉藤さんもご家族のことが心配で気が気ではないんでしょう。そもそも、そんな状態で精神分析なんてできるはずないでしょ」

「確かにそうです」斉藤が素直に認めた。「わたしは不安のあまり攻撃的になってしまったようです。わたしは命の恩人であるあなたに感謝したかっただけなのに、逆にご迷惑をお掛けしてしまいました」

「命の恩人？　わたしが？」

「はい。あなたは迫りくる土石流をぼうっと眺めていたわたしの手を引いて一緒に逃げてくださいました」

「そう言えば、そんなことをしたような気がしますが、結局たいして助けにはならなかったように思います」

「しかし、現にわたしは生きています」

「わたしが手を引かなくたって、助かったでしょう」

「そんなことは誰にもわかりません。ただ、あなたはわたしの命を助けようとし、わたしは命拾いした。この事実だけで、わたしがあなたに感謝する理由になるんではないですか？」

良平は額に手を当てた。「ちょっと混乱してきました。何がなんだか、誰が誰を助けて、誰が誰を助けられなかったのか、わからなくなってきました」

「申し訳ありません。混乱させるつもりはなかったんです。これでもう失礼します」斉藤は頭を下げて立ち去ろうとした。

「これからどちらに行かれるんですか？」良平は斉藤に尋ねた。

「もう少し家族を探してみます」斉藤はとぼとぼと歩いて行った。

そうだ。彼は家族を探していたんだ。

良平は強く言ってしまったことを後悔した。

「人助けしたんだ」ひろみが言った。

「人助けって程じゃない。自分が逃げるときに声を掛けただけだよ」

「自分の命が懸かっているときに他人の命を気に掛けるってなかなか凄いことよ」

良平は自宅に向かう途中、いくつかの助けを求める声を無視したことを思い出した。自分の家族を優先して、俺は何人か見殺しにしてしまったかもしれない。

腹の中にずしりと重いものを感じた。

「助けようとしたのはあの人だけだ。家に向かう途中では誰も助けようとしなかったんだよ、俺は！」

「そんなの当たり前のことだわ。自分の家族と他人を平等に扱えるような人はそもそも家族なんか持たないわ」

そうなんだろうか？　俺の行動は正しかったのか？

良平はさらに混乱した。

酷い眩暈《めまい》がする。

「誰も助けなかった。そして、加奈子も助けられなかった」

「それはあなたのせいじゃ……」ひろみが言った。

「お母さんはここにいるよ」裕彦は空間を指差した。

良平は裕彦の何かを指差す手を両手で包んだ。

すると、裕彦はもう一方の手で良平を指差した。

「お父さんはここにいるよ」

「対等なのね」ひろみは呟いた。

「えっ？」

良平にはひろみの言葉の意味がわからなかった。

「裕彦君にとっては、あなたと加奈子さんは対等なのよ。お父さんにはお母さんが見えない。お母さんにはお父さんが見えない。そして、自分には二人が見える。単なる生きている人間と幽霊じゃ対等じゃないものね。きっとそういうことなのよ」

対等……。

何かが引っ掛かった。

どうして、生きている者と死んでいる者が対等なんだ？　それは裕彦の願望に過ぎない。対等なんて言葉は生きている者にしか意味がない。いや。ある意味、死んでいる者たちはみんな平等で対等なのかもしれない。

裕彦は良平と空間を何度も見比べていた。

「佐藤さん」

「はい」

「俺と裕彦を二人だけにしてくれないか」

「でも……」

「俺たちは大丈夫だ。それより、君の方は大丈夫なのか？」

「わたしは実家の方に戻ればなんとかなると思う。震源地からは離れているし……」

「もう連絡はついたのか？」

「それはまだだけど……」

「まずは実家との連絡を優先した方がいい。俺は裕彦と話し合わないといけないんだ。俺たちは家族だから」

　ひろみは何か言おうとしたが、それを飲み込んだようだった。

「そうね。わたしは家族じゃない。余計な口を挟んでごめんなさい」ひろみはその場をそっと離れた。

　さて、裕彦にどう言えばいいんだろうか？

「どうして、お姉さんは二人になったり、重なって一人に戻ったりしたの？」

　どういうことだろう？　裕彦にきょうだいはいない。この上、幻の姉まで現れたというのか？

「ヒロ君にはお姉さんは一人もいないだろ？」

「違うよ。お父さんのお友達のお姉さんのことだよ」

　なんだ。佐藤ひろみのことか。しかし、彼女は一人しかいない。どういうことだろう？

「お姉さんは一人だろ？」

「違うよ。二人になったんだよ。お父さんとお喋りしていたお姉さんとお母さんとお喋りしていたお姉さん」

　加奈子とひろみが喋っていた？　そんなことはあり得ない。そもそもあの二人に面識はなかったはずだ。

「お母さんとお姉さんが喋ってたって、いつのことだい？」

「今も喋っているよ」裕彦は空間を指差した。

　どういうことだ？　裕彦は自分の妄想を成立させるために、幻覚の中にひろみを登場させたのか？　だとしても、現実のひろみと二重に出現したのはどういうことだ？　ひろみを幻覚の中に登場させるぐらいなら俺を登場させるべきなんじゃないか？

「ヒロ君、お父さんは一人なのかい？」

「うん。お父さんは一人だよ。お母さんも」

どういうことだろうか？

良平は考えた。

裕彦の見ている世界には何かのルールがあるようだ。だが、どんなルールだろう？　加奈子も一人、俺も一人、だが、ひろみは二人。……そうだ。

「おじさんはどうだった？　一人かい？　二人かい？」

「さっきのおじさんは二人になったよ」裕彦は答えた。

「おじさんの一人はお父さんと話して、もう一人はお母さんと話していたんだね？」

「うん。そうだよ」

俺と加奈子は一人ずつしかいなくて、他の人間は二人ずついるのか？　でも、どうしてそんな複雑な幻覚を見ているんだ？


「対等なのね」

突然、さっきのひろみの言葉を思い出した。

対等。そうだ。対等なのだ。俺だけが生者の世界にいて、加奈子が死者の世界にいたのでは対等ではない。加奈子もまた生者の世界に住み、生者と会話できるんだ。だが、どうして生者として振る舞っている加奈子は生者である俺と会話ができないんだ？

もやもやとした感覚が頭の中でだんだんと形になってきた。

そう対等なんだ。俺と加奈子が対等だとしたら、二人が住む世界もまた対等なはずだ。

自分でも馬鹿げた考えに思えた。理屈では全く説明が付かない。加奈子に死んでいて欲しくないという願望と実際に彼女の死を確認した事実に折り合いを付けるための妄想――他人はそう思うだろう。もし他の人間がこんなことを言ったとしたら、良平だって妄想だと判断するだろう。

だが、絶対にあり得ないと言い切れるだろうか？　加奈子は災害を生き延びられなかったが、俺と裕彦はなんとか生き延びることができた。だが、それはほんの紙一重の違いだったはずだ。俺が死んで加奈子が生きていてもおかしくなかった。そして、裕彦は殆ど死んだも同じと言ってもいい状態に置かれたのかもしれない。その異常な状態で裕彦は何かを越えてしまったんじゃないだろうか？　俺が生きて加奈子が死んだ状況と加奈子が生きて俺が死んだ状況が二つとも現実で、裕彦はその両方で生きているとしたら……。

その考えは良平の心を捉えた。それは恐ろしい考えでもあったが、甘く幸せな考えでもあった。どこか近くに加奈子が生きている世界があるのだ。だが、二つの世界は隔絶している。互いに接触することはできない。

いや。そうじゃない。二人は接触できるはずだ。

「ヒロ君、お父さんの言うことをよく聞くんだ」

「うん」

「今、お母さんは誰かと話しているかい？」

「今は話していないよ。お姉さんもおじさんもどこかに行っちゃったから」

「お母さんは今どうしている？」

「泣いているみたい。お母さん、どうして泣いてるの？　……お父さんに会いたいからだって」

「お父さんはここにいるって言ってごらん」

「もう何度も言ってるよ」

どうすれば、加奈子に俺は幻覚じゃないとわかって貰えるだろう？

だんだんと現実感が薄れてきた。俺は誰に何をわかって貰おうとしているんだ？　幻覚の中の加奈子に俺は現実だと知らしめたいのか？　いや。そもそも俺が現実だというのは正しいのか？　ひょっとして俺はもう死んでいて幽霊になっているんじゃないか？　あるいは、俺自身幻覚で自分を人間だと思い込んでいるだけだとか。

いや、それだと辻褄が合わない。俺が幽霊だとしたら、ひろみや斉藤はどう説明するんだ？　彼らも幽霊だとしたら、生きている加奈子と出会えるはずがない。また、彼らが裕彦の幻覚であるはずはない。なぜなら、彼らは裕彦と会ったことがないからだ。

そう。俺は生きている。だとしたら、加奈子だって生きていてもおかしくはない。

「お母さんにこう言うんだ。『キャッシュカードの暗証番号を言ったら、僕を信じてくれるの』

って」

「キャッシュカードの暗証番号を言ったら、僕を信じてくれる？」裕彦は空間に向かって言った。

「お母さん、『何を言ってるの？』って」

「ヒロ君、お父さんの言う通りに言うんだ。八、三、一……」

裕彦は番号を言った。

「次はお母さんの実家の電話番号だ。〇三……」

裕彦は続けて言った。

「お母さんが『どうしてその番号を知ってるの？』って言ってるよ」

「『お父さんがここにいるからだよ』って言って。それから『お父さんしか知らないこと、何でも訊いて』って」

裕彦は空間に話し続けた。

「『わたしが実家で飼っていたインコの名前は？』だって」裕彦が言った。

「『イリス』だ」

「イリス。……お母さん、驚いてる。『本当にお父さんの幽霊がここにいるの？』って」

どうやら、幻覚ではないと納得してくれた。だが、まだ幽霊だと思っているようだ。さて、次は俺自身を納得させなくちゃいけない。裕彦の見ている加奈子は幻覚ではなく、なにかしらの実体があるということを。

「お母さんに『お父さんが結婚前に住んでいたアパートの住所は？』って訊いてごらん」

裕彦は空間に尋ねた。

「『中原町三丁目……』」裕彦は正しい住所を言った。

どうだろう？　これだけで俺は信じられるのか？

良平はポケットを探った。財布と一緒にカード入れが出てきた。その中にクレジットカードがあった。加奈子は家族会員になっているので、下四桁《けた》以外は同じ番号のカードを持っているはずだ。

「お母さんに『クレジットカードを持ってるか』って言って。『持ってるなら番号を読み上げて』って」

クレジットカードの番号は十六桁もある。もちろん、覚えようと思えば覚えられるだろうが、裕彦にカードの番号を暗記させるような局面はさすがに考え辛い。基本、子供にクレジットカードは触れさせない。

そして、裕彦は正確に番号を読み上げた。

これで決まりだ。加奈子はここにいる。そして、幽霊でもない。幽霊はクレジットカードなど持っていない。

「ヒロ君、これからお父さんとお母さんは長いお話をしなくちゃいけないんだ。でも、お父さんはお母さんの言葉が聞こえないし、お母さんはお父さんの言葉が聞こえない。だから、ヒロ君にお手伝いをして貰わなくっちゃいけないんだ。わかるかい？」

「うん」

「お父さんが喋ったことをそのままお母さんに言うんだ。そして、お母さんの喋ったことをそのままお父さんに言う。疲れたら、休んでもいい。ゆっくりでもいい。だけど、間違わずにちゃんと話さなくっちゃならない。ヒロ君、できるかな?」

「僕できるよ」

良平には裕彦のあどけない顔が光り輝いているように見えた。

7

「奥さん、大丈夫ですか?」ひろみが心配そうに言った。

加奈子は不思議そうにひろみと斉藤の顔を見た。

何?　この人たち、わたしの顔をじろじろと見て。

「本当に申し訳ありません」突然、斉藤は土下座を始めた。「ご主人を助けることができませんでした。でも、きっとどこかで助かっておられると思います」

この人は誰に謝っているの?　何を謝っているの?

しばらく斉藤の話を聞いているうちにおぼろげながら、何を言っているのかがわかってきた。

この人は夫が濁流に飲み込まれて、姿が見えなくなったと言っているのだ。

困ったわ。そんなのただの思い過ごしなのに。それはきっとあの人に似た誰か別の人だわ。それなのに、こんなに謝って貰ってなんだか気の毒よ。

「斉藤さん」ひろみが斉藤に呼び掛けた。「加奈子さんの気持ちの整理が付くまで、放っておいてあげた方がいいと思います」

「そうですね。あまりにいろいろなことが起こると、心が現実を拒否してしまうかもしれない」

斉藤ははっと我に返ったようだった。「わたし、今から家族を探しに行ってきます。お二人とも、お気を付けて」斉藤は何度も振り返って頭を下げながら、去っていった。

「お名前、ヒロ君だっけ？」ひろみは裕彦に向かって言った。「お母さん、疲れているようだから、お姉さんと向こうで遊んでこようか？」

裕彦は加奈子の顔を見上げた。

だが、加奈子は何も言わずにただ自分の正面を見詰めていた。

ひろみは裕彦の手を引いて連れていこうとした。

「やめて‼」加奈子は叫び、ひろみの手を振り払った。「連れていかないで‼」加奈子は裕彦に抱き着き、泣き始めた。

「すみません、奥さん。ただ、ヒロ君と一緒に遊んであげようかと……」

「放っておいて！　わたしたちを放っておいて！」加奈子はヒステリックに声を上げた。

「あの……わたし……」

「向こうに行って‼」

ひろみはしばらく躊躇した後、二人から離れていった。

助けて！

加奈子は心の中で叫んでいた。

助けて！　いますぐあの人をここに連れてきて。

裕彦はまた空間に向かって何かを呟いていた。

「ヒロ君、しっかりして。何を言っているの？　お父さんはここにはいないのよ」そう言った後、加奈子は苛立《いらだ》ちのあまり自分が裕彦に酷いことを言っているのに気付いた。

「お母さん、どうして泣いてるの？」

「お母さんはお父さんに会いたいの！　今すぐここに来て、わたしとヒロ君を抱き締めて欲しいの」

「お父さんに会いたいからだって。……もう何度も言ってるよ」

ああ。この子は今、父親と話しているんだ。

加奈子はもう裕彦に何も言わなかった。むしろ、裕彦が羨《うらや》ましかった。幻覚でも幽霊でもいい。わたしもいますぐ会いたい。

「キャッシュカードの暗証番号を言ったら、僕を信じてくれる？」裕彦は加奈子に向かって言った。

「何を言ってるの？」加奈子は突然脈絡のないことを言い始めた裕彦を不安に感じた。

「今から言うよ。八、三、一、……」

確かにキャッシュカードの暗証番号だわ。いったいいつの間に覚えたのかしら？

「次はお母さんの実家の電話番号だよ。〇三……」

この子はどうしていきなりこんなことを言い始めたんだろう？　今までは数字に興味などはなかった。脳に受けたダメージの影響かしら？

「どうしてその番号を知ってるの？」

「お母さんが『どうしてその番号を知ってるの？』って言ってるよ」裕彦は空間に向かって言った。そして、加奈子に向かって言った。「お父さんがここにいるからだよ。お父さんしか知らないこと、何でも訊いて」

えっ？　本当なの？　ここに良平さんがいるの？

加奈子は裕彦が見ていた空間を見た。

本当に、ここに良平さんの魂がいるの？　だとしたら、わたしに何を伝えようとしているの？

いいえ。そう簡単には信じられない。裕彦には悪いけど、絶対に答えられない質問をして、儚《はかな》い幻想を終わらせないと。

「わたしが実家で飼っていたインコの名前は？」

「『わたしが実家で飼っていたインコの名前は？』だって」裕彦が言った。

数秒の後、裕彦は言った。「イリス」

目の前が真っ暗になり、そして明るくなりを繰り返した。

知っているはずがない。わたしが知っている限り、良平さんは一度もインコの話を裕彦にはしていない。

「本当にお父さんの幽霊がここにいるの？」

「お母さん、驚いてる。『本当にお父さんの幽霊がここにいるの？』って。……お父さんが『結婚前に住んでいたアパートの住所は？』って訊いていているよ」

これはどういう意味？　どうして、良平さんの霊はそんなことを訊いてくるの？　意味はわからないけど、とりあえず訊かれたことを答えてみよう。

「中原町三丁目……」加奈子は答えた。

裕彦はそれを復唱すると、何もない空間を見詰めていた。

今度は何？　この儀式にどんな意味があるの？　わたしに何を伝えたいの？

「今、クレジットカード持ってる？」裕彦は言った。「持ってたら番号を読み上げてって」

意味不明の儀式だわ。現代の降霊術ってこういう手続きが必要なの？

だが、加奈子はもはや馬鹿馬鹿しいとは思えなくなっていた。ずぶ濡れになった服のポケットから奇跡的に持ってきていた財布を取り出し、クレジットカードの番号をゆっくり読み上げた。

裕彦は一桁ずつ復唱した。

さあ。何が起こるの？　わたしにも彼の姿が見えるようになるの？

「うん。……僕できるよ」裕彦は言った。「これからお父さんとお母さんは長いお話をしなくちゃいけないんだって」

「そうなの？」

じゃあ、わたしにもあの人の声が聞こえるようになるの？

「だけど、お母さんはお父さんの声が聞こえないし、お父さんにはお母さんの声が聞こえないんだ」

そうなの？　わたしが聞こえないだけじゃなくて、向こうもわたしの声が聞こえないの？　霊ってそんなに不便なものなの？　でも、裕彦の姿と声は見聞きできるってこと？

「だから、僕がお手伝いするんだ。僕はお父さんが喋ったことをそのままお母さんに言うんだ。そして、お母さんの喋ったことをそのままお父さんに言う。お父さんは『疲れたら、休んでもいい。ゆっくりでもいい。だけど、間違わずにちゃんと話さなくっちゃならない』って。僕、できるって言ったよ」

加奈子は周囲を見回した。

誰も加奈子たちを見ていなかった。みんな精一杯なのだ。他人の言動に注意する余裕などない。突然、裕彦が霊媒師になり、死んだ夫の言葉を伝えだしたことには誰も気付いていない。もっとも、それが知られたとしても、誰も気にしないだろう。子供がショックで一時的に精神状態が不調になることはそれほど珍しいことではない。問題は母親である加奈子がそれを信じてしまっていることだ。ひょっとすると、自分の精神状態までがおかしくなってしまっているのかもしれない。

加奈子は自分の心の中を観察した。

酷くショックを受けてはいるが、正常だという気がする。もっとも、精神に不調がある人物は自分ではそれに気付けないのかもしれないが。

とにかく、このことは他人には知られないようにした方がいい。もし知られたら、彼女は裕彦から引き離されてしまうかもしれない。

「わかったわ。『お母さんは準備ができたから、お父さんにお話しして』と言ってちょうだい」

裕彦は驚くべき話を始めた。

第二部

1

矢倉阿久羅《やくらあくら》は欠伸《あくび》をした。

待ち時間は本当に退屈だ。

彼は時計を確認した。あと一分少々だ。そろそろ準備を始めた方がいいだろう。

ターゲットは交差点に向かって、歩道をゆっくり歩いている。計算通りだ。このままの速度なら、あの男は赤信号のため、横断歩道の直前で止まることになる。これは数日間、あの男の行動を観察した結果と交差点の信号の周期を調べてわかったことだ。造作もない。

この交差点を構成する道路の一方は両側に二車線ずつあるが、もう一方は一車線ずつしかない道だ。この道を通る自動車は少ないため、横断する人間は相当に油断してあまり左右を確認しない。

周辺の防犯カメラの位置はだいたい把握している。わざと隠しているようなものはわからないが、防犯カメラを隠す人間は滅多にいない。むしろ、ダミーであっても目立つように設置するのが普通だ。目立つ防犯カメラには犯罪抑止効果がある。衝動的な犯罪には効果がないから無意味だという人間もいるが、多くの犯罪は計画的だ。衝動的に空巣をしたり、強盗を犯したりする人間は皆無ではないかもしれないが、極めて珍しい部類だろう。

矢倉はカメラの視野に入らないよう、自分の立ち位置を微妙に調整した。万が一防犯カメラに映り込んでしまっても、それほど問題ではない。直接犯罪を行う訳ではないので、罪に問われる可能性は低いのだ。しかし、何度も防犯カメラに映っていることに気付かれたら、不審に思われることだろう。まあ、不審に思われたとしても彼の能力に思い至る人間はまずいないはずだが、疑われないに越したことはない。

あと三十秒だ。

矢倉は決して焦らない。最初の頃《ころ》は焦って早目に行動してしまい、貴重なチャンスを失うことが何度かあった。しかし、何度か経験を積むことによって、焦りは禁物だということがわかった。たいていの場合、必要な時間はほんの一、二秒なのだ。人間は咄嗟《とっさ》の状況に一、二秒では対応できない。もちろん、球技などでは、〇・一秒台の攻防はよくある話だ。だが、それは予《あらかじ》め相手が動くことがわかっている状態の話だ。道を歩いているときに突発的にボールが飛んできたら、一、二秒で状況が判断できる人間はいない。矢倉はその一、二秒を利用して商売をしているのだ。タイミングを間違うことは許されない。

矢倉は腕時計を見て、秒針の動きに集中した。

実際に行動に移すときには時計を見ている訳にはいかない。頭の中に秒針の動きを叩《たた》き込んで、それに従って行動しなければならないのだ。

男は交差点の赤信号の前で止まった。

矢倉はにやりと笑った。

今回はうまくいきそうだ。

あと十秒。

矢倉は腕時計から目を離した。そして遠くを見るような目をしながら、ターゲットの男を凝視する。

当然、ターゲットは矢倉に注目していない。そもそも面識がないのだ。

矢倉はリラックスした状態で頭の中の秒針の動きを追う。

よし、あと五秒だ。

矢倉は突然ターゲットに向かって、手を振った。「田所《たどころ》さん、こっちですよ！」

ターゲットは、えっ？　という顔をした。

「こっちです。こっち」矢倉は笑顔で言った。「急いでください」

ターゲットは軽く会釈して、そのまま、車道に踏み出した。

矢倉は再びにやりと笑った。

あと一秒。

猛スピードでタクシーが通り過ぎていった。

ターゲットの姿は消えていた。

一斉に悲鳴が上がった。十数メートル程離れた場所にターゲットは転がっていた。アスファルトの上にゆっくりと血が広がっていく。首と胴体がおかしな方角に鋭角的に折れ曲がっていた。

即死だな。

矢倉は過去の経験から判断した。

タクシーはターゲットを撥《は》ねてから急ブレーキをかけ、交差点のど真ん中でスピンをして、二、三台の車にぶつかった。そっちも結構な大事故だったが、ターゲットとは関係ないので、何人死のうが興味はない。

タクシーの運転手は助かったようで、呆然《ぼうぜん》と事故の様子を見ていた。

こんな場所をあんな猛スピードで突っ走ったおまえが悪いんだ。俺はそれを利用させて貰《もら》っただけだ。おまえと話せたら、一つだけいいことを教えてやれたのに、残念だよ。もう一つの世界のおまえは事故を起こしてないってな。まあ、こんな運転してたら、向こうでも事故を起こすのは時間の問題だとは思うが。

矢倉は現場から立ち去りながら、スマホを取り出した。

「もしもし。今、実行した。金は例の口座に振り込んでおいてくれ」

「早いな。依頼してまだ一週間なのに。どんな方法でやったんだ？」

「ああ。興味があるなら、教えてやるよ。どうせマスコミの報道でわかるから。交通事故だ」

「待ってくれ。それはまずい」

「どうしてだよ？　やり方はどうでもいいだろ？」

「交通事故だと証拠が残り過ぎる」

「それがどうした？」

「それがって、おまえが捕まったら、わたしも危ないだろう」

「俺は捕まらない。あんたのことは知らないが」

「轢《ひ》いたのはおまえか？」

「俺じゃない」

「おまえの部下か何かか？」

「俺には部下なんかいない」

「じゃあ、誰《だれ》なんだ？」

「知らない」

「冗談はよせ。知らないやつがたまたま田所を轢いたっていうのか？」

「撥ねたんだよ。それにたまたまじゃない」

「自動車に何か細工をしたのか？」

「いや」

「どうやったんだ？」

「それは企業秘密だ」

「証拠は残ってないだろうな？」

「ない」

「運転手とおまえとの接点は？」

「ない。互いに顔も名前も知らない」

「間に第三者が入ったってことか？」

「そんな人物はいない」

「……本当にやったのか？」

「ああ。数時間後には、マスコミ報道で出るだろう。今でもＳＮＳを検索すれば、野次馬の書き込みが見付かると思うぜ」

「そういう意味じゃない。本当におまえの仕組んだことかってことだ」

「言ってる意味がわからないんだが？」

「偶然、田所が交通事故に遭ったのを自分の手柄にしてるんじゃないかってことだ」

「ああ。そういうことか」矢倉は溜《た》め息《いき》を吐《つ》いた。「どうして、いつも依頼主は金が惜しくなっちまうんだろうな。まあ、碌《ろく》でもないやつらばかりだから金に汚くても不思議じゃないんだが」

「確かにおまえがやったという証拠はあるのか？」

「あんた、馬鹿か？　そんな証拠を残したら、墓穴を掘ることになるじゃないか」

「証拠がないのなら、金を渡す訳にはいかない」

「ええと。本気で言ってるのか？」

「当たり前だ」

「つまり、あんたは殺しの代金を踏み倒そうって訳だ」

「証拠がないんだから、払う訳にはいかないに決まってるだろ」

「俺は決して証拠を残さない。だけど、今まで俺がやった殺しのリストは存在している」

「あんなものは只《ただ》のデータだ。証拠にはならない」

「話は最後まで聞くもんだ。俺が殺したやつらは二種類に分けられるんだ。一つは殺しの依頼のターゲット――つまり田所みたいなやつだ。そして、もう一種類は俺に殺しを依頼したけれど、支払いを渋ったやつだ。つまり、あんたみたいなやつだ」

「俺を脅す気か？」

「別に恐喝している訳じゃない。あんたが払うと約束した金を払えば、文句はない。だが、そうでないのなら、それなりの報復をさせて貰うということだ。俺はボランティアで仕事をしているんじゃない。そこを曖昧《あいまい》にしてたら、今後のビジネスにも差し障りがあるんでね」

「俺がおまえみたいな雑魚《ざこ》に殺されて堪《たま》るものか。返り討ちにしてやる。うちには若いのが大勢いるんだ」

「それは無理だな。もし、そんなことが可能なら、俺はすでに誰かに殺されているはずだ。だけど、俺は生きている。つまり、死んだのは俺を虚仮《こけ》にしたやつらの方だということだ」

「俺がそんな脅しに屈すると思うのか？」

「いや。俺の説明を理解して欲しいだけだ。あんたが約束通り金を払えば、俺は大金が手に入るし、あんたは死なずに済む。いい事尽くめだ。ところがあんたが約束を違えたら、俺は金が手に入らないし、あんたは命を失うことになる。二人ともいい事なしだ。よく考えてくれ」

「少し調べてから返事する」

「じゃあ、今この瞬間から俺はあんたの命を狙《ねら》うことにする。実際に殺せるのは今日か明日か来年かはわからないが、必ず目的を達成する。気が変わったら連絡してくれ。金を振り込んだ瞬間、俺はあんたの命を狙うのをやめるから」

「待て。うちのファミリーを敵に回してもいいことは何一つないぞ」

「俺の敵になったのはおまえの方だ」

「……わかった。金は払おう。だから……」

「じゃあ、振り込みが確認できた時点で、おまえを殺すのは中止する。だけど、それまではおまえはターゲットだ」

「金は払うと言ってるじゃないか！」

「気の毒だが、俺は言葉なんか信じないんでね。信じられるのは金だけだ」

「今から一時間以内に振り込む。だから、俺の命を狙うのはやめてくれ」

「じゃあ、一時間以内に俺があんたの殺害に成功しないよう祈るんだな」

「待ってくれ。もしもし。待ってくれ。本当なんだ。ちゃんと金払……」

矢倉は電話を切った。

これでちゃんと払ってくれるだろう。

もちろん、矢倉は今のところ、今回の依頼主を殺すような気は全くなかった。殺すことは可能だが、下準備は大変なのだ。できれば、殺さずに金を払って貰うのが一番いい。

しかし、俺の能力は説明しにくいのがネックだな。

矢倉は溜め息を吐いた。

まあ、理解し難いおかげで、完全犯罪が可能になる訳だが。

この能力を得たのは一年前のことだった。

あの日、矢倉は家でテレビを見ていた。いつものことだ。

彼はもう何年も前から働くことを辞めていたのだ。働かなくても、食っていけるのに、どうして働かなければならないのか。今は、年老いた両親に寄生しているが、彼らが死んでも、生きていく自信はあった。贅沢《ぜいたく》さえ言わなければ、働かなくてもなんとかなるはずだ。

矢倉はそんなふうに考えていた。

心身に障害がある訳でもなく、何かに傷付けられたり、挫折《ざせつ》した訳でもなかった。むしろ彼は自分に卓越した知能があると信じていた。だからこそ無駄な競争などはしたくなかったのだ。残念ながら、今の社会では、生まれつきの能力だけで優雅な生活をするのは難しい。生まれつきの才能があろうがなかろうが、人々は死に物狂いの努力をしなければ、最高位に立つことはできない。勉学の世界でも、スポーツの世界でも、芸術の世界でもそれは同じだった。そして、矢倉はそれに我慢ならなかった。彼は一切の努力なしで自分の才能だけを評価されたかったのだ。それができないというのなら、両親や社会に寄生して生きていく方が遥《はる》かにましだ。

なぜ才能ある俺があくせく働かねばならないのか。どうして、才能ある俺が引き籠《こも》り等と蔑《さげす》まれなければならないのか。

矢倉は常に心の奥で怒りを感じていた。

外は凄《すさ》まじい雨だった。だが、家の中にいれば安心だ。こんな雨の中を出勤しなければならない者たちのことを考え、少しは溜飲《りゅういん》が下がった。彼自身の両親もまた出勤していたのだが、そんなことは気にならなかった。働きたい者は働けばいいのだ。

脇《わき》に置いてあるスマホが鳴った。

矢倉は画面を見ようともしなかった。

どうせ気象情報か何かだろう。そんなことはテレビ画面を見ていれば教えてくれる。それに警報だ何だと言っても、実際に被害が出ることなんて何万分の一の確率だろう。こんな雨の中避難するなんて馬鹿げている。

思った通り、テレビ画面に避難情報が流れ始めた。自分の住む地域が含まれているかどうかすら確認する気にならなかった。

画面の中では、気象予報士が大雨についての解説を始めた。

くだらん。

矢倉はチャンネルを変えたが、どのチャンネルも大雨の話題か、そうでなかったら、教育番組だった。

だから、有料の衛星放送かネット配信に加入したいと前々から言ってたんだ。あいつら、俺の言うことにいちいち反発しやがった。

矢倉はテレビを切った。

つまらないので、酒でも飲んで寝ようかというときになって、またスマホが鳴り出した。

何だ？　煩《うるさ》いな！

しばらくは無視をしていたのだが、あまりにしつこく鳴り続けるので、矢倉は画面も見ずにスマホを壁に叩き付けた。

どん、という大きな音がした。

あれ？　俺、そんなに力を入れて投げたっけ？

次の瞬間、ぐらぐらと部屋全体が揺れ出した。

これ、地震か？　そう言えば、さっきスマホが鳴ってたっけ？

当然、矢倉は逃げたり、身を守ったりはしなかった。

きっとたいしたことはない。下手に逃げ隠れしても、無駄に体力を使うだけだ。どうせすぐに収まるんだから、何もしない方がいい。

だが、揺れが収まる気配はなかった。それどころか、どんどん激しくなってくる。

矢倉は食卓の下に逃げた方がいいかな、と思い始めてきた。だが、ここで隠れたりしたら、さっきの自分の考えを否定することになる。そんなのは嫌だ。隠れたら負けだ。

矢倉は揺れが収まるまで、このままでいようと決心した。

家が傾いた。

まじか⁉

そのときには家中のものが目の前を飛び交っていた。頭上から聞いたこともないような大音響が聞こえてきた。すべての窓ガラスが砕け散り、壁に亀裂《きれつ》が入り、家の外の景色が見えた。

何だ。何だ！　何だ‼

頭上から木屑《きくず》や土くれのようなものが落下してくる。

矢倉は上を見上げた。

大きな丸太のようなものが落ちてきた。


「大丈夫ですか？」

「大丈夫ですか？」

誰かが矢倉に呼び掛けている。

目を開けると、救急隊員らしき人物が矢倉の顔を覗《のぞ》き込んでいた。

「あっ。うん」

「意識はあります」

「意識はあります」

頭がくらくらした。目の前の人物が一人なのか二人なのかわからない。そんなはずがある訳がないのだが、実際判断が付かなかった。

両眼の視線が合わないのかもしれないと思い、片目で見てみたが、それでも一人か二人かはわからなかった。

「お名前を教えていただけますか？」

「お名前を教えていただけますか？」

「矢倉……阿久羅」

そう言えば、俺はそんな名前だったな、とぼんやり思った。

「意識ははっきりしています」

「意識ははっきりしています」

二人が同時に同じことを言っているようで気持ちが悪い。

矢倉はもう一度救急隊員をしっかりと見た。

ぼやけて見える訳でも単純に二重写しになっている訳でもない。ほぼ同じ空間に二人の同一人物がいるようにしか思えないのだ。だとしたら、それは一人じゃないかと思うのだが、どうもそうではない。二人の動作が微妙に違うのだ。同じ場所に二人の人間がいて、ほんの少しずれている。そんな感じだった。

二人の顔はそっくりだった。まるで一卵性双生児のように。

矢倉は頭痛を覚え、反射的に頭を触ろうとした。

「頭には触らないでください。怪我《けが》をしていますので」

「頭には触れないでください。怪我をしていますので」

二人の言葉が少し違って聞こえた。

そうか。頭を打ったのか。きっと、それで物が二重に見えるんだ。

そういうことはありそうな気がした。

「今から運びますよ」

「今から運びますよ」

矢倉は担架に乗せられ、持ち上げられた。

自分に見えたものが何かわからなかったが、何かの残骸《ざんがい》だということはわかった。そして、見覚えのある家具や雑貨類が目に止まった。

どうして、うちにあったものがここにあるんだろう？

矢倉は不思議に思った。そして、ここが自宅だと思えば辻褄《つじつま》が合うことに気付いた。

ああ。俺の家は全壊してしまったんだ。俺はそのときから今まで気を失っていたらしい。

「地震があったのか？」矢倉は尋ねた。

「はい。かなり大きいものです。それから、洪水もありました」

「はい。かなり大きいものです。それから、洪水もありました」

洪水？　そう言えば、自分も含めて、そこら中びしょ濡《ぬ》れだった。

「怪我の様子は酷《ひど》いか？」

「そうですね。出血は多かったようですが、もうほぼ止まっていますし、こうしてお話ができていますから、大丈夫だと思います」

「そうですね。出血は多かったようですが、もうほぼ止まっていますし、こうしてお話ができていますから、大丈夫だと思います」

「煩いな。同時に喋《しゃべ》らないでくれ」矢倉は不機嫌になって言った。

「同時に？」

「同時に？」

「二人同時に喋るなって言ってるんだ」

「二人？」

「二人？」

「おまえとおまえだ」矢倉は二人を指差した。

二人の姿がふらふらとぶれた。

「意識に少し混濁があるようです」

「意識に僅《わず》かな混濁があるようです」

「俺は正気だよ。おかしいのはおまえらだ。一人か二人かはっきりしろ！」矢倉は頭に血が上った。

「まずい。また出血が始まった」

「まずい。また出血が始まった」

矢倉は気が遠くなった。


次に気が付くと、ベッドの上だった。腕には点滴が取り付けられ、バイタルチェックのための電極もあちこちに取り付けられていた。

矢倉は苛立《いらだ》たしさを感じ、点滴を引き抜き、電極を引き剝《は》がした。

警告音が鳴り出した。

矢倉は病室の様子に不安を覚えた。単に見覚えのない場所だという理由だけではない。何かおかしいのだ。存在感がおかしい。言葉で無理に説明するなら、ベッドも天井も壁も床も窓もカーテンもすべてが二重なのだ。物理的に壁や天井や窓が二重になっているという訳ではない。そうではなく、そこに存在している壁は、実は二つの壁が同じ場所に二つあるということがはっきりわかるのだ。

ドアが開き、看護師が飛び込んできた。二人なのか、三人なのか、四人なのかがわからない。分身したり、重なりあったりしている。

目を細めても、収束しない。しかし、どうやら、看護師は二つのグループに分かれているようだということはわかった。若い一人ないし二人と中年の一人ないし二人だ。若い看護師同士、中年の看護師同士は一つになったり分かれたりしているが、若い看護師と中年の看護師が一つになることはない。


「お気付きになられましたか?」一人目の若い看護師が言った。

「お気付きになられましたか?」二人目の若い看護師が言った。

「ご気分はいかがですか?」一人目の中年の看護師が言った。

「ご気分はいかがですか?」二人目の中年の看護師が言った。

「最悪だ」矢倉は吐き捨てるように言った。「おまえたち何人だ?」

「わたしたちが何人いるか、わからないのでしょうか?」

「わたしたちが何人いるか、わからないのでしょうか?」

「だから、同時に喋るな。聞き取り辛《づら》い」

「すぐに田《た》の中《なか》先生を呼んできて」一人目の中年の看護師が二人目の若い看護師に言った。

「すぐに大平《おおひら》先生を呼んできて」二人目の中年の看護師が一人目の若い看護師に言った。

二人の若い看護師が出ていってしばらくすると、二人の医者がやってきた。一人は男で、もう一人は女だった。

「わたしがあなたを担当させていただいている田の中です」男の医者が言った。

「わたしがあなたを担当させていただく大平です」女の医者が言った。

「どっちが担当なんだ?」矢倉は尋ねた。

「今、言ったようにわたしですが?」

「今、言ったようにわたしですが?」

「だから、田の中か大平かどっちかって訊《き》いてるんだ」

二人の医者は目を丸くした。

「今、何とおっしゃいましたか?」田の中が言った。

「なぜ、その名前をご存知なんですか?」大平が言った。

「田の中と大平だよ。おまえたちが言ったんじゃないか!」矢倉は怒鳴り付けた。

「大平とお知り合いだったのでしょうか?」田の中が言った。

「田の中の診療をご希望なのでしょうか?」大平が言った。

「おまえら同士で相談しろよ。ふざけてるのか?」

「申し上げにくいのですが、大平は現在行方不明です」田の中が言った。

「田の中は……昨日、亡くなりました」大平が言った。

矢倉はようやく事態の異様さに気付いたようだった。

「おまえら本気で言ってるのか？」

「驚かれたでしょうね」田の中が言った。

「ご存知なかったんですね」大平が言った。

「おまえら同士見えてないのか？」

「何のことでしょうか？」

「何のことでしょうか？」

「ここに田の中って医者がいる」矢倉は田の中を指差した。「頭が半分禿《は》げかかって、眼鏡を掛けた小男だ。そして、ここには大平って女医がいる」矢倉は大平を指差した。「背は高いが小太りで、二重顎《にじゅうあご》だ」

二人の医者はじっと矢倉を見ていた。

「何だよ？」

「大平が見えてるんですか？」田の中が言った。

「田の中が見えてるんですか？」大平が言った。

「だから、気味の悪い芝居はやめろ」

「すぐに精神科の先生を呼んでちょうだい」大平は看護師に呼び掛けると、そのまま病室を出ていった。

田の中はその場に残った。

「おまえは行かないのか？」

「彼女は……大平さんはどんな感じですか？」田の中は尋ねた。

「さっき言った通りだ」矢倉は答えた。

「何か伝えたがってませんでしたか？」

「聞きたいことがあるのなら、直接訊けばいいだろ？」

「わたしにはできないのです」

「ややこしいやつだな」

「あなたは以前から彼女をご存知だったんでしょうか？」

「知らないよ。さっき初めて会ったばかりだ」

「本当に知り合いではなかったのですか？」

「そうだよ。いつまでこの糞《くそ》つまらない冗談を続ける気なんだ？」

田の中はもう何も言わず、項垂《うなだ》れて病室から出ていった。


「災害前から霊は見えていたのですか？」手に持った下敷きに載せた書類に書き込みながら、初老の医者が尋ねた。

「災害前から霊は見えていたのですか？」もう一人の同じ顔をした初老の男性が尋ねた。

「ええと。あんたらのどっちかはもう死んでるのか？」矢倉はうんざりして言った。

二人の医者は書類から顔を上げて矢倉を見た。

「つまり、ここにはあなたとわたし以外に誰かがいるということですか？」

「つまり、ここにはあなたとわたし以外に誰かがいるということですか？」

「ああ。あんた、死んだ双子の兄弟か何かいるのか？」

「なるほど。その霊はわたしそっくりという訳ですね」

「なるほど。その霊はわたしそっくりという訳ですね」

「そうだ。どっちが兄さんだ？」

「残念ながら、わたしは一人っ子です。それでもう一人のわたしがいるというのは、わたしの右ですか？　左ですか？」

「残念ながら、わたしは一人っ子です。それでもう一人のわたしがいるというのは、わたしの右ですか？　左ですか？」

「右でも左でもない。今のところ、ぴったりと重なっている」

「それは面白い。ぴったり重なっているのなら、一人に見えるのではないですか？」

「それは面白い。ぴったり重なっているのなら、一人に見えるのではないですか？」

「すまん。もう一度言ってくれないか？　とても聞き取りにくかった」

「ぴったり重なっているのなら、一人に見えないですか？」

「ぴったり重なっているのなら、一人に見えないですか？」

「一人じゃない。同じ場所に二人の人間が重なって存在しているんだ。そんなことより、奇妙なことが起きているぞ」

「人間と幽霊が重なって存在していることよりもですか？」

「人間と幽霊が重なって存在していることよりもですか？」

「おまえたち、少しずれているんだ」

「先程は同じ場所だとおっしゃいましたが？」

「先程は同じ場所だとおっしゃいましたが？」

「場所は同じだが、一人がほんの僅か遅れて喋ってるんだ。どっちか一人に集中して話を聞けば聞き取れないことはないが……」

「なるほど。遅延が生じている訳ですね。実に面白い。ああ。面白いと言っては失礼ですな」

「なるほど。遅延が生じている訳ですね。実に面白い。ああ。面白いと言っては失礼ですな」

「それで、幽霊はどっちなんだ？」

「わたしが人間の方です。まあ、もう一方も厳密に言うと、幽霊ではなく幻覚の類《たぐい》でしょうが」

「わたしが人間の方です。まあ、もう一方も厳密に言うと、幽霊ではなく幻覚の類でしょうが」

「それじゃあ、教えてくれ。田の中と大平とどっちが幽霊なんだ？」

「大平先生は行方不明になっておられます。大平先生のことはどこで知りましたか？」

「田の中先生は亡くなられています。生前、田の中先生とはお知り合いだったのですか？」

矢倉は頭を押さえて絶叫した。

矢倉にも、少しずつ状況が把握できてきた。

彼は幻覚が見える精神疾患だと思われて、入院を余儀なくされていた。入院費や治療費がどういう扱いになるのかはわからないが、とりあえず今のところ心配する必要はないようだ。被災者ということも関係しているのかもしれない。国からの支援があるだろうし、もしダムの決壊が人災だということになれば、賠償金すら手に入るかもしれない。両親のことは誰も話さないが、医者や看護師の様子を見るに、どうやら大災害の犠牲者になったようだった。

矢倉は自分に起きていることを自分なりに観察し、分析した結果、一つの結論に達した。

目の前にいる人物は幽霊などではないのだ。同じ人物であっても、別々の人物であっても、どちらかが人間でどちらかが幽霊という訳ではないのだ。単に目に見えるというだけではなく、手で触れることもできるし、体臭を感じることもある。彼らは人間だ。ただし、別々の現実に暮らす人物だ。別々の現実と言っても、よくファンタジーに出てくるような異世界ではない。とてつもなく、よく似た世界だ。矢倉はとりあえず世界A・世界Bと呼ぶことにした。

矢倉が本来住んでいた世界はAなのかBなのか、今に至るまで解明できていない。理屈の上では、矢倉が二つの世界を見ることができるようになったのは、あの大災害の後なので、大災害の前の記録を矢倉の記憶と比較すれば、A・Bどちらが本来の世界であるのかわかるはずだ。

だが、大災害前の記録をいくら調べても、二つの世界の違いは見付からなかった。現在でも二つの世界の違いは極僅《ごくわず》かなのだが、大災害の前はもっと僅かな差しかなかったようだ。もしくは全く同一の世界だったのかもしれない。そうだとすると、矢倉の本来の世界がどちらなのかは永久にわからないことになる。

いいや。ひょっとすると、大災害前は世界は一つしかなく、災害を切っ掛けとして二つに分離したのかもしれない。

どっちにしても、これは他人より秀でた能力なのだ。精神疾患として扱われるのは間違っている。

だが、そう主張すること自体が精神疾患の疑いを強くするだろうということは容易に推測できた。だから、矢倉は二つの世界が見えることを隠すことに決めた。

ある日、病気はもう治ったと医者に申告した。

「本当ですか?」医者Aは疑った。

「本当ですか?」医者Bは疑った。

「はい。本当です」矢倉は丁寧な口調を心掛けた。

「見えていたものは何だったと思いますか?」

「見えていたものは何だったと思いますか?」

なぜか医者AとBの言葉はかなりずれていたので、聞き取るのに苦労したが、矢倉はなるべく聞き取り辛さを見せないように努力した。

「たぶん幻覚だったと思います。頭を打った衝撃で一時的に斜視になって物が二重に見えたことで、誘発されたんだと思います」

医者AとBはしばらく考え込んでいた。

治ったという言葉自体が嘘《うそ》である可能性を考えているのだろうな。ああ。あんたは正しい。これは嘘だよ。

と矢倉は思ったが、もちろん表情には出さなかった。

「わかりました。今後の治療をどうするか、少し検討させてください」

「わかりました。今後の治療をどうするか、少し検討させてください」

矢倉は脈ありだと判断した。

やつらはこう考えているはずだ。そもそも幻覚が治っていなかったとしても、見えないふりができるぐらいだから、生活に支障はないだろう。それに、大災害でこの付近はどこの病院もいっぱいなのだから、できるだけ早く退院させたい。

予想通り、数日後矢倉は退院することになったと告げられた。


矢倉は仮設住宅に暮らすことになった。もちろん近所付き合いは一切しない。衣食住に不自由しない状態ではあったが、自分の能力を何かに活《い》かせないかとずっと籠って考え続けた。

二つの世界はどちらも矢倉にとっては現実で見聞きすることも触れることも可能だ。だが、それぞれの世界の物同士は干渉しないのだ。例えば世界Aにある茶碗《ちゃわん》を世界Bにある食卓の上に載せたら、そのまま床まで落下して壊れることになる。世界Aにある石を世界Bにいる人物目掛けて投げても、そのまま素通りして、自分に石が投げられたことにすら気付かない。つまり、世界Aにある物を世界Bに持ち込むことはできないし、その逆も不可能なのだ。片方の世界の住人の姿はもう片方の世界の住人には見えない。壁などがあっても、それが片方の世界にしかないのなら、もう一方の世界の人間は素通りできる。二つの世界は互いに存在しないも同然だ。一方の世界の人間はもう一方の世界の人間にとって透明人間だし、いろいろな場所に侵入することもできる。

だったら、好き放題できるように思えるだろうが、実際には何もできない。向こうからはこちらを見たり触れたりできないように、こちらからも向こうを見たり触れたりできないのだから、盗みも盗み見も不可能なのだ。

では、二つの世界に同時に存在する矢倉はどうなのかというと、どちらの世界の住民にも姿を見られてしまう上に、どちらの世界の壁も素通りすることができない。これでは何の旨《うま》みもない。

単にメリットがないだけではなく、この能力には非常に不便な点があった。なぜか二つの世界に時差が生じているのだ。最初はほとんどわからなかったが、いつの間にか、会話がずれて聞こえるようになり、それが一秒以上になり、さらに広がり始めた。

誰かの発言が始まって、何秒か経《た》つと、同じ人物が全く同じか、少しだけ違う発言を始める。二人の同一人物の声が互いに干渉して極めて聞き取り辛い。また、聞き取れたとしても、世界Aの相手に対して、世界Bでの相手の発言が終わるまで返事ができないので、反応が鈍い人間になってしまう。逆に世界Aに合わせると、世界Bの相手には話し相手の発言が終わる前に応《こた》え始めるせっかちな人間になってしまう。そして、その対応がそれぞれの世界の相手に違った影響を与えるため、会話の内容が二つの世界で変化してしまうことが多々あった。すると、矢倉の対応はますますちぐはぐなものになってしまった。例えば、こんな感じである。

「矢倉さん、ここの生活には慣れて来られましたか？」

「矢倉さん、ここの生活には慣れて来られましたか？」

「ああ。そうかな」

「どうしたんですか？　今、考え込んでおられましたが、何か心配事でも？」

「すいません。今、話し掛けてしまって、ご迷惑でしたか？」

「面倒だ。帰ってくれ‼」

矢倉は、どちらの世界でも人付き合いの悪い変わった人物だと見做《みな》されるようになってきた。

彼は殆《ほとん》どの時間一人で過ごし、時折無言で買い物をするだけの生活になっていった。

そして、あるとき、二つの世界の時間差が一分を超えていることに気付いた。ぼんやりテレビで野球中継を見ていると世界Aのある選手がホームランを打った。そして、約一分後に世界Bでも同じ選手がホームランを打った。

矢倉にとって、それは日常的なことだった。

他のやつらはいいよな。同じホームランを二度も見なくていいんだから。

……えっ？

そう思った後、その言葉の意味をもう一度考えてみた。

世界Aの住人は世界Bの住人より、早く試合の展開を知ることができる。しかし、その情報は世界Bに伝わることがないため、世界Bでは誰もこの先の試合展開を知ることはない。ただ一人の例外を除いて。

矢倉は世界Aでは何の変哲もない男だが、世界Bでは予知能力者になれるのだ。ひょっとすると、予知能力者というのは自分と同じような人間なのかもしれない、と思った。もし、今までそんな者たちが本当にいたらの話だが。

矢倉は隣近所の仮設住宅を片っ端から訪れ、賭《か》けをしようと持ち掛けた。

たいていの住民は話に乗ってこなかったが、中には目を輝かせる者たちもいた。

「それで、どんな賭けだ？」

「それで、どんな賭けだ？」

「野球で一分後の試合展開を当てるんだ」

「何だそりゃ？　どういうルールだよ？」

「何だそりゃ？　どういうルールだよ？　意味がわからん」

結局、矢倉の提案する奇妙な賭けのルールに合意する者はいなかった。

矢倉は公営ギャンブルについて調べた。世界Aでレースもしくは試合が終わってから、世界Bで勝った側の券を買えばいいのだから、話は簡単だ。しかし、馬券・車券・舟券などはレース開始数分前に〆切《しめきり》となり、サッカーくじに至っては十分から最大数時間前だ。いずれにしても、世界Aで試合が終わった時点ですでにその試合の券を世界Bで買うことはできなくなっている。全く話にならない。

もちろん、このままさらに時間差が開くのを待っていてもいいが、それにはおそらく何年も掛かるだろうし、本当にどんどん時差が開いていくという確証もなかった。ひょっとすると、どこかで時差の拡大は止まってしまうかもしれないし、逆にどこかのタイミングで時差縮小のサイクルに入ってしまうかもしれない。とても待ってなんかいられない。

株や為替のネット取り引きも試してみた。これなら、リアルタイムで対応できるので、なんとかなるのではないかと思ったのだ。世界Aで各社の株価を監視し、値上がりした直後に世界Bでその株を買う。ところが、矢倉が取り引きを始めた瞬間から、世界Bの株価は世界Aと全く違う挙動をとるのだ。自分なりに調べたところ、カオス理論や複雑系に関する現象らしい。要は矢倉が株を買うことにより、株価に極僅かな変動が生じ、それがバタフライ効果で予測不能な大きな変化を起こしてしまうらしい。株価の変動は数時間で安定するのだが、矢倉の目的である金儲けには使えない。

そんなある日、矢倉はある光景を目にした。

近くのコンビニに食糧調達に行く途中だった。信号待ちをしていると、群衆の中からふらりと目が虚《うつ》ろになった中年男性が歩き出し、車道に入り込んだ。

猛スピードで突っ込んできたトラックが男を轢いた。凄まじい量の血が飛び散り、現場は騒然となる。

世界Aの人々は、逃げ出したり、電話を掛けたり、写真を撮ったりで、大混乱だ。

しかし、世界Bの人たちは全く平穏な状態だった。雑踏の中を歩くとき、二つの世界の住民を区別することは殆ど不可能なのだが、そのときは面白いように区別が付いた。

轢かれた男はしばらくもぞもぞと動いていたが、すぐに動かなくなった。

あれだけ血が出たら、もう無理だろうな。まだ救急車は来ないが、もう面白そうなことはないだろうな、と矢倉は思い、その場を立ち去ろうとした。

ちょうどそのとき、信号待ちをしている雑踏――世界Bの平穏な雑踏の中から、ふらりと目が虚ろになった中年男性が車道に向かって歩き出した。

ああ。なるほど。こいつ、これから死ぬんだな。……待てよ。世界Aでは、このおっさんはすでに死んでいる訳だが、世界Bではまだ生きているんだ。だが、世界Bでは、これからこのおっさんが死ぬことは誰も知らない。知っているのは、俺一人だ。

矢倉は愉快な気分になった。

覚悟の自殺か単に意識が朦朧《もうろう》としているだけかはわからないが、たぶん気付いた人間がこいつを止めたら、死ぬことはないはずだ。もちろん、そんなやつは一人もいない。なぜなら、誰もこのおっさんがこれから死ぬとは思ってないからだ。そして、俺は止めることができる。放《ほう》っておけば、おっさんが死ぬのがわかっているからだ。もちろん、俺は止めたりはしない。同じ事故が二度も生で見られるなんて実にスリリングだ。

男は先程世界Aで通ったのと寸分たがわぬ経路を通った。そして、全く同じコースで猛スピードのトラックが突っ込んできた。

今度は世界Bの群衆が騒然となった。逃げ出したり、電話を掛けたり、写真を撮ったり、先程の世界Aと全く同じ反応だ。

そして、男Bはもぞもぞと動き、男Aと完全に重なって動きを止めた。

やがて、サイレンが鳴り、世界Aの救急車がやってきて、男Aを運んでいった。

後には男Bだけが取り残された。

少し遅れて世界Bの救急車が到着する。

ほぼ同じことが繰り返されたのだ。

矢倉は満足した。

世界Aでは、俺は一般群衆と同じ立場だったが、世界Bでは全く違った。俺だけが未来を知っていたのだ。俺はあの男を救うこともできたし、見殺しにすることもできた。つまり、あの男の生死は俺に委《ゆだ》ねられていたことになる。俺は神のごとき存在だったのだ。俺は自分の意思であの男に死を与えたことになる。

笑いが込み上げてきた。

ざまあみろ。俺はあの男を助けてやれたのに、わざと見殺しにしてやったのだ。神だけの特権だ。

ちょっと待てよ。俺には、死ぬべき運命の人間を救い出す力があるとしたら、その逆はどうなんだ？　俺は死ななくてもいい人間に死を与えることができるのか？

矢倉は少し離れた場所の歩道に移動し、歩道から自動車の動きに注目した。

時折、猛スピードで歩道すれすれを走り抜ける危険運転をする車が通った。

もちろん、交通事故は起こらない。

世界Aで矢倉がいる側と反対側の車線を危険運転車が通り過ぎた。矢倉は腕時計を見て世界Bで車がその地点を通るであろう十秒前に、向かい側にいる四、五歳の女の子を手招きした。ちょうど母親が余所見《よそみ》をしていたので、実験にちょうどいいと思ったのだ。

女の子は疑うことなく、歩道に踏み出した。

よし、いいぞ。そのままそこでじっとしていろ。

だが、事態は矢倉の思うようには進まなかった。車が女の子のいる場所に到達する前に、母親が気付いて歩道に引き戻してしまったのだ。

母親が女の子に何か尋ねている。

こっちを指差されでもしたら厄介なので、矢倉はその前にその場を離れた。

時間を取り過ぎたんだ。十秒は結構長い。不測の事態が起こったとしても、対処できてしまうことが多い。だとしたら、その余裕を与えなければいいんだ。人間はどのぐらい短い時間なら反応できないだろう？　予め準備していたら、二、三秒でも反応できるかもしれない。だが、突然襲ってきた危機に対しては、その時間では反応できない気がする。さらに短い時間ではなおさらだろう。よし、車の来る一、二秒前に仕掛けることにしよう。

老婦人が手押し車を押して歩いている。

矢倉は彼女が歩いているのと、反対側の歩道を歩きながら、世界Aで危険運転車が通るのを待った。


御誂《おあつら》え向きの車が通った。

矢倉は慎重に時間を測り、二秒前に呼び掛けた。「奥さん、これ落とされましたよ」手にした財布を掲げる。

だが、老婦人は動かなかった。

車が通り過ぎる。

彼女は徐《おもむろ》に道路を渡り近付いてくる。

「それはわたしのじゃないですよ」老婦人は財布を確認すると去っていった。

なるほど、猛スピードの車とはいえ、一、二秒前には二十メートル前後の距離まで近付いている。呼ばれたからといって、相当な迂闊者《うかつもの》でない限り、車道に飛び出したりはしない訳だ。これは少し工夫が必要だな。

矢倉は少し街中を歩いて、街路樹のおかげで見通しが悪くなっている交差点を見付けた。そこで、辛抱強く危険運転車を待った。

よほど急いでいるのか、赤信号なのに猛スピードで左折していく車がいた。赤なので、左折した先には歩行者はいないと高を括《くく》っているのだろう。

矢倉はほくそ笑んだ。

慎重に時間を測る。

勝負は一瞬だ。

信号待ちをする人の中で一番前にいる若い女性のすぐ後ろに回り、彼女にだけよく聞こえる程度の大きさの声でこう言った。「後ろに蛙《かえる》がいるぞ」

「えっ⁉」女性は驚いて、後ろを振り返りながら、車道の方に飛び出した。

抜群のタイミングだった。

危険運転車は女性の下半身に突っ込んだ。彼女はくるくると回転しながら、フロントガラスと屋根にぶつかり、そのまま地面に落下した。

首が変な方向にねじ曲がっていた。

びくびくと痙攣《けいれん》しながら、目玉をぎょろぎょろと動かしていた。目も痙攣していたのかもしれないし、自分を死に追いやった犯人を見付け出そうとしていたのかもしれない。

そして、偶然なのか、意図的なのか、矢倉と目が合った。

矢倉は思わずにやりと笑ってしまった。

若い女性は絶望の表情を浮かべた直後、目玉が裏返り、動きが止まった。

矢倉は歯を食いしばって笑いを押し殺した。

自分は人の生き死にを左右することができる。このことに気付いてから、矢倉の人生は一変した。目の前が薔薇色《ばらいろ》になった。折角の予知能力がギャンブルに利用できないと知って落ち込んだが、それよりも素晴らしい使い道だ。本来、死ぬべきでなかった人間を殆ど手を汚さずに殺すことができる。もちろん、なんらかの最低限の働き掛けは必要だが、それだけで殺人を立証するのは不可能だろう。つまり、司法は彼を裁くことはできないのだ。

素晴らしい！

矢倉は思わず大声で歓声を上げたくなるのをなんとか抑えた。

この方法なら、ギャンブルより遥かに金になる。なにしろ、何の証拠も残さず人間を始末できるのだ。目的は恨みだろうが、金だろうが、何だっていい。誰かに死んで欲しいと思っているやつを探して、依頼を聞いてやればいいのだ。最初は低料金でも構わない。確実に殺せるとわかれば、向こうから依頼はやってくるだろう。値段を吊《つ》り上げるのはそれからでもいい。それよりもまず今は人を殺すことを楽しめばいい。

矢倉は怪しげな場所に出入りし、そこで殺しの依頼はないかと尋ねて回った。ただし、殺しの依頼を探すのはあくまで世界Bだけだ。その頃、訓練によって、短時間なら世界Aと世界Bで自分の身体《からだ》を違うように動かすことができるようになっていた。ちょうど右手と左手で同時に別々の字を書くようなもので、簡単ではないが、不可能ではないといったところだろうか。

そのうち、矢倉に殺しの依頼をする者が何人か現れた。本気で、一か八か頼んでいるのか、単なる冗談なのかはわからなかったが、矢倉は可能な限り、依頼通りにターゲットを殺してやった。何人かは喜んで金を払ってくれた。だが、恐怖にかられて逃げ出す者や、難癖を付けて支払いから逃れようとする者たちもいた。

矢倉は金を払わない者たちを脅した。たいていは脅しに屈して金を払ってくれたが、中には、再三脅しても金を払おうとしないやつらもいた。そういった場合、矢倉は依頼主を殺した。もちろん、殺したからといって、金は入ってこない。しかし、支払いを渋った者が殺されたということが広まれば、依頼料を踏み倒そうとする者は減る。そして、ますます殺し屋としての矢倉の名声が上がった。

噂《うわさ》が広がるにつれ、依頼の数は増えてきたが、警察に目を付けられるという困った事態も発生した。私服警官と思《おぼ》しき人物が矢倉の周辺に出没するようになった。それはわざと警察の監視をにおわすことによって、殺人を抑止しようと思っているのか、あるいは矢倉の観察力を過小評価しているためなのかはわからなかったが、とりあえず矢倉は今まで通り、偶然の殺人を続けた。

どんなに怪しくても矢倉は実際に手を下す訳ではない。あくまでちょっとした偶然に手を貸すだけなのだ。矢倉の周辺では明らかに偶然とは言えない程の高確率で死亡事故が起きたが、当然ながら彼がその事故に関与したという証拠は見付からなかった。そんなことが何度も続くうちに私服警官はすっかり影を潜めてしまった。警察が諦《あきら》めたのか、本格的に隠密《おんみつ》捜査を始めたのかはわからなかったが、矢倉は気にすることなく、今までのやり方を続けた。自分の超能力を理解できる人間など絶対に存在するはずがないと思っていた。

殺人は常に成功し、面白いように金が入ってきた。矢倉はいくらでも、贅沢な暮らしができるようになった。——世界Bでは。

矢倉は二つの世界の時間のずれを利用して、ターゲットを事故に巻き込んでいたため、当然ながら世界Aでは事故は起きないのだ。事故が起きなければ、誰も死なないので、仕事の代金を貰うことはできない。つまり、世界Aでは矢倉は凄腕《すごうで》の殺し屋でも何でもなく、ただのニートなのだ。

世界Bの金をなんとか世界Aに送れないかと知恵を絞ったのだが、その方法だけはどうしても見付からなかった。

もちろん、世界Bで贅沢三昧《ざんまい》ができるのだから、世界Aでの成功を無理に求める必要はない。だが、世界Aでも衣食住は必要だ。矢倉は世界Aでは最低限のアルバイトをし、なんとか食っていけるだけの収入を得た。

世界Bでたらふく食ったとして、その分の栄養は世界Aの肉体へも及ぶのではないだろうか？そんな期待を持っていたが、あるとき世界Aの自分が随分やせ細っているのに気付いた。このままの生活を続けていれば、いずれは餓死するか栄養失調で病気になってしまうだろう。矢倉は何度も試行錯誤を繰り返し、世界Aである程度の収入を得る方法を編み出した。

矢倉は世界Bで築いた殺し屋としての地位を利用して、経営者や政治家の裏情報を集めた。ある政治家は愛人を囲っていた。ある会社は粉飾決算を行っていた。ある経営者は議員に賄賂《わいろ》を渡していた。もちろん、それらはしょぼいもので、矢倉程の殺し屋にとってはたいした価値があるものではなかった。だが、ただのフリーターである世界Aの矢倉にとっては、極めて貴重な情報であった。もちろん、警察沙汰《ざた》にされたら、言い逃れのしようがないので、強請《ゆす》る額は極僅かなものだった。だが、少なくとも人並みの生活は送れるようになった。当然アルバイトは辞めた。

これで充分だ。

矢倉は思った。

遊びや贅沢は世界Bでいくらでもできる。世界Aでは、死なない程度の健康的な生活が送れればそれでいいのだ。

矢倉は世界Bで派手に人を殺したが、二つの世界はほぼ同じ歴史を辿《たど》っていた。誰か重要な人物を殺しても、よく似た性格と能力を持つ人物がいつのまにか後釜《あとがま》に座っていた。確証はなかったが、これは偶然ではないように思えた。おそらく二つの世界は見えない領域で絡み合っているのだ。だから、矢倉がいくら世界Bを改変したところで、結局は世界Aによく似た世界へと収斂《しゅうれん》していくのだろう。

矢倉の人生は順風満帆に思えた。


その日、矢倉はいつものように殺人のターゲットの観察を行っていた。

たいてい交通事故を利用するのだが、場合によってはそれ以外の事故を利用することもあった。世界Aでターゲットから数メートル離れた場所で、突然マンホールの周りに亀裂が走り、道路が陥没し、直径三メートルの穴が開いた。

怪我人は一人もいない。

矢倉は即座に穴に近付き、中を覗いた。一メートルぐらいの大きさで、ごつごつした角を持つ道路の破片が数メートル下に散乱していた。もし、陥没の瞬間、マンホールの周辺にいたら、かなりの確率で死亡するだろうと思われた。

矢倉はにやりと笑った。

これは使える。陥没の瞬間、ターゲットの歩く場所を少しずれさせればいいだけだ。

世界Aでやることはもうない。矢倉はその場所を立ち去ろうとした。

だが、その瞬間、彼は違和感を覚えた。

何だ？

矢倉は振り向いた。

そこには小さな子供がいた。齢《とし》は五、六歳といったところか。じっと、道路の陥没現場を見ていた。傍《そば》には母親だと思われる若い女がいた。

不思議だ。

矢倉は思った。子供に対する気持ちではない。自分に対する気持ちだ。突然、道路が陥没したのだから、普通の子供なら興味を持つのは当然だ。そういう意味で、子供の行動に不思議はない。

不思議なのは、その子供に違和感を覚えた自分だ。

俺は何に違和感を覚えたのか？

矢倉は少し離れた場所から親子らしい二人を観察した。

母親は子供の手をしっかりと摑《つか》んでいた。そして、できれば、その場所から早く離れたいようだった。その行動に不審な点は何もない。子供を危険から遠ざけたいと思うのは当然だ。子供を持った経験はないが、その程度の常識はある。

矢倉は次にもう一度子供だけを見た。

子供は不思議そうに穴の中を見ていた。それもまた、当たり前の行動に見えた。

突然、子供は顔を上げた。

矢倉と子供の目が合った。

矢倉は心を貫かれたような気がして、思わず目を逸《そ》らしてしまった。

今のは何だ？　この俺があんな餓鬼に睨《にら》みあいで、気合い負けしたというのか？　いや。落ち着け。そんなはずはない。単なる気の迷いだ。

矢倉は額の汗を拭《ぬぐ》った。

そもそも俺はまだ何もしていない。この世界Aだけではなく、世界Bでもだ。もしあの餓鬼が何かを感じ取ったとしたら、俺の心を読んだということになる。そんな超能力がある訳がない。万が一、そんな超能力があったとしても、あんな年端もいかぬ餓鬼が何かを言ったからといって、誰が気にするだろうか？

矢倉はもう一度子供の顔を見て、心に浮かんだ疑念を晴らしたかった。だが、それをすることは自分の弱さを認めることでもある。だから、矢倉は敢《あ》えて子供の顔を見ないようにした。いや。弱さを認めることを拒否しただけではない。現実に、矢倉は怖かったのだ。もし、またあの子供と目が合ったとしたら、心が砕け散ってしまいそうな気がしたのだ。

ターゲットは中年女性だった。最近、めきめきと実力を付けてきた新進気鋭の政治家だ。どうやら、これ以上、彼女に人気が出るのをよしとしない勢力があるらしい。党内の反対派か、それとも別の政党かはわからないが、そいつらのエージェントが矢倉に接触してきたのだ。

一週間以内に、彼女を亡き者にしろ。一週間経って、彼女が死んでいなかった場合は、暗殺失敗ということで、料金は支払わない。

かなり厳しい条件だった。

だが、こうして、条件が整ったのだ。

俺には幸運の女神が付いているのかもしれない。

世界Bでターゲットは歩道をほぼ直線状に進んでいた。

矢倉は不自然にならないように、彼女の前方に進んだ。彼女との距離はほんの二メートル程だ。

「おえぇ‼」矢倉はその場でいきなり激しく嘔吐《おうと》した。

矢倉は自由に嘔吐するという特技を持っていた。生来持っていた能力ではなく、この商売を始めるに当たって、訓練により身に付けたのだ。

ターゲットの中年女性は顔を顰《しか》めると、少し左に寄って車道に出た。右に寄らなかったのは、彼女の前方やや右側に矢倉がいたからだ。すべて、計算通りだった。
五、四、三……。
矢倉は頭の中で秒数を数えた。
二、一、ゼロ。
矢倉は顔を上げた。

その瞬間、女性の姿は消えた。マンホールの周辺の道路が陥没し、女性はそれに巻き込まれたのだ。

全く予期しない状態で、数メートルも落下したら無傷ではいられないだろう。

矢倉は女性の状態を確認するために、浮き浮きと穴に向かった。

えっ？

矢倉は凍り付いた。

女性の悲惨な姿を見たからではなかった。彼は悲惨な事故死にはすっかり慣れっこになっていた。ぐちゃぐちゃになった死体を見ても潰《つぶ》れた蚊を見たとき程度の感慨しかなかった。

彼が凍り付いたのは、そこに子供がいたからだ。穴の向こうから、こちらを見ている。

もちろん、世界Aで道路が陥没したときにその場にいたのだから、世界Bでその場にいるのは不思議でも何でもない。むしろ、いる方が当然なのだ。

だが、矢倉は強い違和感を覚えていた。

あの餓鬼は俺の力を知っている。

彼はそう直感した。何がどういうことではない。ただただそう直感したのだ。そして、おそらくあの餓鬼もまた俺の心の中を直感しているに違いない。

どうする？

矢倉は戸惑った。

若い男が子供の手を引いて陥没現場から離れようとしていた。

おや？　世界Aでは母親と一緒だったはずだ。

矢倉はポケットからスマホを取り出した。

とにかくあの餓鬼の情報を集めなければならない。まずは写真だ。

シャッター音がした。

シャッター音がしないように改造しようかと思ったこともあったが、下手に改造して変な疑いを掛けられるぐらいならと、そのままにしていたのだ。

周囲の人々が一斉に矢倉の方を見た。おそらく、死体の写真を撮る悪趣味なやつだと思ったのだろう。

だが、レンズが死体ではなく、群衆の方に向いていたため、人々はすぐに矢倉への関心を失ったようだった。

矢倉はもう一度子供の様子を見た。

子供は相変わらずこっちを見ていた。そして、父親らしき若い男までもがこっちを見ていた。

シャッター音に気付かれたか？

矢倉は焦った。そして、頭をフル回転させた。

子供から感じる異様な雰囲気は父親にはないようだった。だが、安心はできない。年齢を重ねるとある程度独特な雰囲気を隠せるようになるのかもしれない。

子供は矢倉を指差した。

父親は、その手を包み込むようにして、ゆっくりと下ろした。その目はじっと矢倉を見詰めていた。

矢倉はその父子を睨み返した。

おまえらの正体は知らないが、俺の能力を使えば、すぐに突き止められるし、おまえらのことが危険だと感じたら簡単に殺すことだってできるんだよ！

父親はしばらく凍り付いたように蒼《あお》ざめた顔で矢倉を見詰めていた。

矢倉はわざと挑発的に笑顔を見せた。そして、二人に背を向け、ゆっくりとその場を去っていった。

2

良平《りょうへい》は薄気味悪さを感じていた。

あの男は突然、歩道で立ち止まって嘔吐し始めたのだ。

もちろん、そのこと自体はそれほど異常なことではない。異常なことはその後に起きた。

男の吐瀉物《としゃぶつ》を避けて、歩道から車道に出た女性がいたのだ。おそらく一時的に車道に出た後、また歩道に戻るつもりだったのだろう。

だが、その目論見《もくろみ》が実現することはなかった。

突然、道路が陥没し、目の前からその女性の姿が消えてしまったのだ。

その場の全員があまりのことに呆気《あっけ》にとられてしまった。

良平は嫌な予感がした。女性の悲鳴がなかったのだ。落ちる瞬間は驚きで声も出なかったのかもしれないが、落下後に声が出ないのは不思議だった。声を出せない程の重傷なのか、あるいは……。

何人かの人々が穴の縁へと向かっていったが、良平はその場から動かなかった。一人でいるときなら、ひょっとしたら彼も穴の様子を見に行ったかもしれない。だが、今は裕彦《ひろひこ》を連れている。良平は二つの理由で穴に近寄らなかった。一つは穴の周辺がまだ危険かもしれなかったから、そして、もう一つは、裕彦に無残な様子を見せたくなかったからだ。

人々が立ち止まったため、周辺は急激に混雑し始めた。早く移動しないと、身動きがとれなくなってしまうかもしれない。

良平はできるだけ、早く混雑から抜け出すための経路を探した。

そのとき、シャッター音がした。

悲惨な事故現場でも記念に残したいのだろうか？　それとも、マスコミに売るつもりなんだろうか？

良平はシャッター音の方を向いた。

男が良平たちの方にスマホのレンズを向けていた。

良平は驚いて、男の方を見詰めた。

男はスマホを下ろした。

目が合った。見覚えのある男だったが、一瞬誰だかわからなかった。だが、数秒後には思い出すことができた。あれはついさっき、歩道に嘔吐した男だ。道端で大人が突然嘔吐することは記憶に残る出来事ではあるが、その後に起きた道路の陥没があまりに大事件だったため、急速に印象が薄れてしまっていたのだ。

何かの急病かとも思ったが、思いの外元気そうだった。

そして、その目には憎悪が渦巻いていた。

何なんだ、こいつは？

良平は男の表情が全く理解できなかった。この男の顔は知らない。全くの初対面だ。これほどの悪意の籠った目で見詰められる覚えはない。

誰かと間違えているのだろうか？　おそらくそうだろう。それとも、何かの誤解かもしれない。さっき嘔吐したときに俺か裕彦が笑ったように見えたのかもしれない。……睨んでいるのは俺ではなく、裕彦なのか？

良平は男の視線がどこに向かっているのか、確かめようとした。だが、十メートル程の距離があるので、男がどこを見ているのかは判然としなかった。ただ、裕彦を睨んでいると思えば、そう見えないこともない。

裕彦が男の方を指差した。

良平は裕彦の手を包み込むようにし、ゆっくりと下ろした。

悪い予感がする。

もちろん、予感など信ずるに値するものではないかもしれない。しかし、自分たち家族には、現に到底信じられないようなことが起こっているのだ。今更、何が起ころうと、驚きはしない。

どこかに行ってくれ。

良平は願った。

俺たち家族には大変なことが起きたのだ。これ以上の面倒を持ってこないでくれ。

男はにやりと笑った。明るい笑顔ではない。底知れない闇《やみ》を抱えた笑みだった。

あの男にロックオンされた。

良平はそう感じた。

どうすればいい？　警察に通報すべきか？　だが、どういう理由で？　こっちを見たから？　気持ち悪い笑顔を見せたから？　それとも、歩道に吐いたから？

無理だ。どうしようもない。

男は背中を見せた。

良平は正直ほっとした。これ以上、あの男に見詰められていたら、恐怖のあまりどうにかなってしまいそうだった。

男は急ぐ様子もなく、ゆっくりと歩き去っていく。

俺たちにあれだけの敵意を見せて悠然と去っていくところをみると、相当自信があるのだろう。もちろん、あの男に悪意があるというのは、俺の思い過ごしかもしれない。あの男は単なる変わり者なのかもしれない。

しかし、そうでなかったら？

男の姿が見えなくなったのを確認してから、良平は裕彦の手を引いて足早にその場を去った。すぐに家に帰るのも怖い気がして、裕彦を連れて街の中を一、二時間歩き回った。

ちょうど事故が起きた現場にあの男が現れた。偶然かもしれないが、そうでないと考えておいた方が無難かもしれない。だとすると、あの男は事故を仕組んだテロリストだ。しかし、どうしてそんな男が俺たちに目を付けたのか？

誰かに相談したいところだが、そんな話をしたら被害妄想だと思われるのが関の山だ。裕彦が二つの世界に住んでいるということだって、誰にも相談できていないのだ。話し合えるのは裕彦と別の世界にいる加奈子《かなこ》だけだ。

……そうだ。加奈子だ。加奈子には言っておかないと。

「ヒロ君、今、ここにお母さんはいるかい？」

「うん。いるよ」

「じゃあ、今から、お父さんとお母さんはお話ししなくちゃいけないんだ。手伝ってくれるね」

「うん」

できるだけゆっくり喋っているとはいえ、大人の喋る言葉をそのまま伝えることは六歳の子には相当大変だろうと思われた。だが、いつも裕彦は頑張ってくれていた。彼なりの理解の仕方で、父親と母親は自分が手助けしなければ、語り合うこともできないとわかっているのだろう。良平はいつも裕彦には申し訳ないと思いながらも、彼に言伝《ことづて》を頼んでいた。

「さっき、奇妙な男に出会ったんだ」良平はこの世界ではそこにいない加奈子に向かって語りかけた。

(奇妙って、具体的にはどういうこと?)

実際には加奈子の声を聞くことはできないが、最近では裕彦を通じて、そこにいる加奈子の姿や声をまるでそこにいるかのように思い描くことができるようになっていた。

「俺と裕彦を睨み付けている男がいたんだ」

(睨み付けていた? 気のせいじゃなくて?)

「ああ。もちろん気のせいなんかじゃなかった」

(知り合い?)

「いや。初対面だ」

(初対面の人物が睨み付けたりするかしら?)

「俺もそれはおかしいと思ったんだが、実際に睨んだんだから仕方がない」

(近くで、何かあった?)

「ああ。道路の陥没事故があった」

(そっちでもあったんだ。まあ同じ事故が起きるのは当たり前だけど)

「陥没したとき、変な男見掛けなかったか?」

(変な男? 男の人は大勢いたけど、特に変だとは思わなかったわ)

「そっちでも、あの感じだったら、すぐにわかったと思うんだけど」

（じゃあ、こっちにはいなかったのかも。でも、そんな変なことってある？）

「お母さんのところにもいたよ」裕彦が会話に割って入った。

「さっき、お父さんとヒロ君を睨んでいたやつかい？」

「うん」

「そいつを見たのは、あの女の人が落ちる前かい？」

（ちょっと待って。女の人が落ちるってどういうこと？）

「道路が陥没したとき、巻き込まれた女の人がいたろう？」

（いいえ。そんな人はいなかったわ）

「それは妙な話だ」

（その睨んでた男の人と落ちた女の人には何か関係がありそう？）

「う〜ん。どうかな？　……いや。よく考えると、関係はありそうだったよ」

（どんな関係？）

「その男の人が吐いたんだ」

（何を？）

「食べ物や胃液だよ。歩道の上に吐いてしまって、それで、その女性は歩道からいったん出て、吐瀉物を避けようとしたんだ。そして、そのせいで道路の陥没に巻き込まれてしまった」

（こっちでは、そんなことは何も起きなかったわ。歩道に吐いた人はいないし、誰も事故には巻き込まれなかった）

良平は口笛を吹いた。

裕彦は良平の真似《まね》をしようとしたが、どうしても口笛が吹けないようで、唇を丸めて何度も息を吹き出していた。

「ヒロ君、口笛は真似しなくてもいいよ」

（ありがとう、ヒロ君。お父さんが口笛を吹いたことはわかったわ）

「あの男のせいで、女性の運命は、こっちとそっちで大きく変わってしまったということか」

（ヒロ君、お母さんと一緒にいたとき、その男の人はヒロ君のことを見ていた？）

「うん。じっと僕のことを見ていたよ」

「本当かい？　ヒロ君をちゃんと見ていたのかい？」

「うん」

良平は寒気を覚えた。

この二つの世界には大きな違いがあった。こちらの世界では、加奈子が亡くなっており、向こうの世界では良平が死んでいる。他にも何人か死んだり死んでなかったりする人々はいるようだし、小さな出来事には食い違いが多い。しかし、大きな世の中の流れや自然現象に関しては、ほぼ一致している。二つの世界の間には何か引力のようなものが働いて、差異が広がるのを防いでいるのかもしれない。あるいは、時間の慣性のようなものが存在して、多少の食い違いがあっても、だいたい同じように流れていくものなのかもしれない。

だが、今回の事件は異様だった。一人の人物が二つの世界で全く違う行動をとり、その結果、人一人の命が失われた。果たして、これは偶然なんだろうか？

(怖いわ)

加奈子も気付いたようだ。

あの男は二つの世界について知っている。そして、おそらく俺の家族に関心を持ったらしい。

良平は何とも言いようのない深い絶望を感じた。

今ほど加奈子を抱き締めてやりたいと思ったことはなかった。だが、加奈子はどこにもいない。

良平は裕彦を抱き締めた。

「どうして、二人とも、僕を抱っこしようとするの？」

良平は笑った。

裕彦はきょろきょろと空中と良平の顔を見て言った。「二人ともどうして笑ってるの？」

そうだ。俺たちは孤独ではない。直接、姿を見ることもできないし、声も聞こえないが、彼女はここにいる。だから、力を合わせることもできるのだ。絶望する必要はなかったのだ。

「たぶん、あの男は二つの世界のことを知っている」良平は加奈子に語りかけた。

(わたしもそうだと思う)

「そして、それを利用して何か良くないことをしている」

「殺人とか？」裕彦が言った。

「いや。そうとは……」

(大丈夫よ。ヒロ君は怖がったりしない。本当のことを言ってちょうだい。ヒロ君に隠し事をし

ていては、わたしたちはちゃんと会話ができないわ）

「わかった」良平は裕彦にも正しい認識を持たせるべきだと気付いた。「ヒロ君、今日会ったあのおじさんはいい人ではないかもしれない」

「怪人だね」

「そうだ。怪人だ」

「じゃあ、僕たちはヒーロー？」

「ヒロ君もお父さんもお母さんもヒーローじゃない。一般人だ」

「特別なことができるのに？」

「駄目だ。ヒロ君はまだ子供だ。ヒーローになるのはまだ早い」

「じゃあ、誰がヒーローになるの？　ヒーローがいないと怪人はずっと悪いことをするよ」

良平は言葉に詰まった。

（ヒーローは正体を隠しているのよ）加奈子が助け舟を出してくれたようだ。（だから、どこにいる誰なのかはわたしたちにはわからないわ）

「ヒーローは僕たちを守ってくれるの？」

「ああ。守ってくれるよ」

「本当？　じゃあ、怪人が襲ってきたら、ヒーローも来るんだね。とても、楽しみだよ」

どう言えばいいんだろう？　本当はヒーローなんかいないと言えばいいんだろうか？　こんな小さな子にそんな残酷なことを言っていいのだろうか？

「ヒロ君、あのね……」

「何?」

「ヒーローは……」

うまく言葉が出てこない。

「ちょっと待って。お母さんが話してる」裕彦は加奈子の言葉を聞いているようだった。

(ヒーローを試すようなことをしては駄目よ)

「どうして?」

(ヒーローはとても数が少ないの。でも、怪人はいっぱいいるのよ。一生懸命頑張っても全部はやっつけられないの。だから、ヒーローの仕事を増やすようなことをしてはいけないのよ)

「じゃあ、どうすればいいの?」

(ヒーローが怪人を倒すまで、怪人に見付からないようにするの。そうすれば、いつかヒーローが怪人を退治してくれるわ)

「うん。わかったよ」

加奈子がうまく説明してくれたらしい。

良平はほっと胸を撫《な》で下ろした。

「あの男は具体的に何をしていると思う?」

(正直わからないわ。直接手を下さずに偶然を装って、殺人を行っているのよ)

「そんなことが可能なのか?」

(例えば、あそこで道路が陥没することが予めわかっていたとしたら?)

「確かに、予め道路の陥没がわかっていたとすると、あの男の行動は理に適《かな》っているように思える。しかし、どうして道路の陥没のことがわかるんだ?　あいつが何か仕掛けたのか?」

(おそらくそうじゃないと思う。そんなことをしたら、証拠が残ってしまうもの。あの事故はあくまで偶然起きたものだと思う)

「じゃあ、どういうことなんだ?」

(そのままでしょ?　あの場所であの時刻、偶然道路が陥没すると知ってたのよ)

「予知能力か?」

(そう言ってもいいと思うわ)

「なんだか、知ってるみたいな口ぶりだね。口ぶりといっても、裕彦を通じて間接的に聞いてるだけだけれど」

(ええ。単純な原理よ。その男は二つの世界の時間差を利用しているのよ)

目から鱗《うろこ》が落ちたようだった。確かに、裕彦から二つの世界の間に時間差があるとは聞いていた。しかし、それをこんなふうに利用するやつがいるなんて!　いや。そもそも裕彦以外にこんな能力を持っているやつがいるなんて想像もしていなかった。

「つまり、裕彦にも同じことができるってことか?」

(理屈の上では、そういうことになるけど、実際、子供には扱い辛いと思うわ。ずっと観察して、正確なタイミングで動かないと、いけないんだから)

「そもそもこんな小さな子供だと、できることが限られているな。一人で雑踏を歩いているだけで、すぐ誰かに保護されてしまいそうだ」

（その男は裕彦にも同じ力があると気付いたのかしら？）

「こっちに関心を持ったということは、たぶんそうだろうな。しかし、どうして気付いたんだろう？」

（裕彦の態度でわかったんじゃないかしら？　能力のない人間にとって、あの陥没事故は一度しか起こっていない。でも、裕彦にとっては二回起こっているの。そして、一回目と二回目で状況が大きく違うとしたら、そこに注目してしまうのは自然なことよ）

「しかし、犯人にとっては、それが不自然に見えた。二つの世界を同時に体験している犯人だからこそ気付けたんだろうな」

（問題はその男がこれから何をするかよ）

「あの男は自分の能力を悪用していた。つまり、基本的にあの男の良心には期待できないということだ」

（あの男の目に、裕彦はどう映るかしら？　仲間？）

「そうは思わないような気がする。裕彦のせいであの男は唯一無二の存在にはなれないんだ。裕彦は将来商売敵になると考えるかもしれない。あるいは、自分の前に立ちはだかる邪魔者だと思うかもしれない」

（あの男は裕彦を排除しようとするかもしれない）加奈子は言葉を選んで喋っているようだった。

おそらく「殺す」という言葉を使うと裕彦が怖がると思ったのだろう。

「確かに危険な男だが、こちらが圧倒的に不利とは限らない。裕彦はあいつと同じ能力を持っている」

（でも、とても幼いわ）

「裕彦には俺たちが付いている。つまり、三対一の戦いだ」

（いざというとき、裕彦は殆ど戦力にはならないわ。そして、あなたとわたしは同じ世界に住んではいない。つまり、あいつと出会うときはいつも一対一になってしまうということだわ）

「だとしたら、あいつと出会わないことが肝心だ」

（じゃあ、早く家に帰った方がよさそうね）

「いや。そうとも限らない。もしあいつが俺たちの家の場所を知っていたら、どうだろうか？」

（あの男がうちの住所を知っているという確証があるの？）

「それはない。だが、あいつは裕彦と俺の写真を撮ったんだ。それを利用すれば、多くの個人情報を引き出す方法があるのかもしれない」

（写真を撮られたのは不用意だったわね）

「まだあいつの存在を認識する前だった。さすがに、あの時点では全く警戒はしていなかったんだ」

（もう家には帰らないつもり？）

「それは難しいだろうな。とりあえず、真《ま》っ直《す》ぐ帰るのだけは避けた方がいいと思う。こうしている今だってあいつに監視されていないとは絶対に言えない」

(急に襲い掛かられたりしないかしら?)

「あいつは、二つの世界の時差を利用して、証拠を残さず殺人を行えるんだ。それを隠すために、直接手を下す犯罪に手を染めるというのは、考えにくいと思う」

(ということは、何かの事故に合わせようとするということ?)

「そう。それもたぶん、俺のいる方の世界でだ」

(どうして?)

「やつが『予知能力』を使えるのは、こっちの世界だけだからだ。だが、こっちも警戒しているから、今日あいつの罠《わな》に掛かった人物のようにはならないと思う。あの女性は自分に命を狙う敵がいることも、敵に『予知能力』があるということも知らなかったが、俺たちは知っているんだから」

(じゃあ、わたしの方は少し遠回りをして帰ればいいのかしら?)

「それでいいと思う。とにかくあいつに手間を掛けさせるんだ。そうすれば、事故をでっち上げる余裕がなくなるだろう」

(わかったわ。それじゃあ、それぞれ出発しましょう)

良平は裕彦を連れ、家とは違う方面の電車に乗った。そして、適当な駅で降り、今度はバスに乗った。

あいつが尾行しているのかどうかもわからなかったが、とりあえず人通りが多そうな場所で降り、少し歩き回った。

歩いている間に、徐々に暗くなってきた。

「お父さん、僕おなかが空《す》いた」

「そうだね。今日は外で食べて帰ろう」

と言ったはいいが、初めての街ということもあり、子供連れで入れそうな店がなかなか見付からない。ひょっとしたら大丈夫かとも思う店はいくつかあったが、初めてでは少し入りづらく感じてしまう。完全に子供連れ向けとわかる店は表通りにはなかったので、路地に入ってみた。少し気にはなったが、さすがに人の多い街中で突然襲い掛かっては来ないだろうし、そもそもすべてが杞憂《きゆう》で、犯人は彼らを追いかけてきていないのかもしれない。

路地に入ると、いきなり人通りが途絶えた。

ひょっとして、この路地に入ったこと自体、犯人に誘導されたのではないかと心配になったが、そのような心当たりはなかった。あいつが人間の心を操れる怪物でないとは言い切れないが、もしそうだとしたらあんなに手の込んだ殺害方法を選んだりはしないだろう。

それでも、良平は表通りに引き返そうかと迷った。

しかし、表通りには、適当な店がなかった。これぐらいのことで引き返していたら、これからずっとあの男の影に怯《おび》えて不便を強いられることになる。とりあえず今回は試しにこの路地を進んでみよう。大丈夫だ。あいつのやり口はだいたいわかっている。あいつに誘導されないように早目に行動すればいいんだ。

良平は裕彦の手を引いて慎重に道を進んだ。

「ヒロ君、お母さんは今どうしてる？」

「スーパーでお買い物だよ」

「じゃあ、おうちでご飯を食べるんだ」

裕彦は首を振った。「お買い物が終わったら、フードコートで何か食べるって」

スーパーというのは、いつも行っているところだろうか？　だとしたら、ここから相当離れていることになる。二つの世界の裕彦の肉体を互いにこれだけ離したのは初めてだ。そもそも別個の空間なので、見掛け上の位置の違いには意味がないのかもしれないが、やはり少し不安になる。

「ここと全然違う場所だけど、大丈夫かい？」良平は尋ねた。

「うん。いつもと一緒だよ。見えているものがどっちかわかれば、間違えたりしないよ」

「見えているものがどっちの世界のものかちゃんとわかるのかい？」

「うん。最初はわからなかったけど、今はもうわかるんだ」

「どんな違いがあるんだい？」

「う〜んとね。色……かな？」

「色が違うのかい？　どっちかが赤み掛かっていて、もう一つの方は青み掛かっているとか？」

「え〜とね」裕彦はきょろきょろと周囲を見回した。「色じゃない。色は一緒だ。……においかな？」

「におい？　どっちかがいいにおいとか？」

「あのね」裕彦はくんくんと鼻をひくつかせた。「違うよ。においじゃなくて……だいたいわかる感じだよ」

どうやら、世界の違いを判別する感覚をうまく説明できないようだ。もちろん、それは裕彦のせいではない。そのような違いを感じる人が滅多にいないため、その感覚を表す言語がそもそも存在しないのだ。

「ヒロ君、もうわかったからいいよ」良平は優しく言った。

この子はこんなに小さいのに、とてつもない苦労をしているんだ。これ以上、負担を掛けてはいけない。

「嘘はよくないな」がらがらとした男の声が聞こえた。

数メートル先に例の男が立っていた。

髪の毛も髭《ひげ》も伸び放題だったが、どちらも黒々としているので、齢はかなり若そうだった。目はぎらぎらと異様な光を放っている。服装はジーパンとTシャツで、特に目立ったものは付けていない。

良平はぎくりとしたが、努めて表情に出さないようにした。

どうしたものだろうか？　意味がわからないふりをした方がいいのだろうか？　それとも、自信たっぷりにおまえのことはわかっていると宣言した方がいいのだろうか？

「俺のこと知ってるよな？」男は言った。

良平はごくりと唾《つば》を飲み込み、裕彦の手を強く握った。

相手のペースに乗せられては駄目だ。落ち着くんだ。

良平は周囲の様子を確認した。

良平たちと男がいるのは、狭い路地の中だ。一本道ではなく、いくつか道が合流しており、一番近い脇道は良平たちの背後二メートル程のところにある。もし、今慌てて、この男から逃げるために走り出したら、それらの道のどこかから飛び出してくる車に撥ねられる可能性がある。もしあいつが急に近付いてきたら要注意だ。

「やっぱり知ってるんだ。あんた今きょろきょろと周囲の様子を見ただろ？　俺のやり口を知っている証拠だ」男はにやりと笑った。「なあ、あんたも二つの世界を同時に見ているのか？　それとも、その子だけか？　因《ちな》みに、俺はこっちの世界を『世界B』と呼んでいる。向こうは『世界A』だ」

こいつは俺を動揺させて、情報を聞き出そうとしている。乗ってはいけない。あくまで無視だ。

「まさか、俺の邪魔をしようとは思ってないよな？　何を言ったって誰も信用してくれないぞ。それはわかってるよな？」男は饒舌《じょうぜつ》に語り続けた。

どういうことだ？　時間稼ぎをしているのか？　早く逃げた方がいいのか？　もう少し待った方がいいのか？　どっちから来る？　あいつの仕掛けた罠はどこから現れるんだ？

「あのおじさんも僕と同じなの？」裕彦が言った。

男は嬉《うれ》しそうに裕彦に笑い掛けた。「そうだよ。やっと同類が見付かった。仲良くしような」

「ヒロ君、黙ってるんだ。こいつは怪人だ。ヒロ君を騙《だま》そうとしている」

「お父さんは誤解してるんだよ、ヒロ君」

しまった。つい名前を言ってしまった。

「『僕と同じ』と言ったね。『僕たちと同じではなく』」

「子供の言ったことをいちいち真に受けることはないだろ」良平は苛々《いらいら》と言った。

「ああ。やっぱりそうか。俺だって、子供の言うことをいちいち信じる訳じゃない。でも、あんたが必死に隠そうとしているのでわかったよ。能力者はその子、一人だ」

相手のペースに乗ってしまっている。おそらくこいつは場数を踏んで、人の心理を操るのが巧みになってるんだろう。

「なあ、仲良くしようよ。俺、矢倉阿久羅っていうんだ。『ドグラ・マグラ』みたいでかっこいいだろ？　ヒロ君は何て苗字《みようじ》だい？」

どうして、こいつは自分の名前を教えてくれたんだ？　こっちの名前を知るためか？　でも、それなら、本名でなくてもいいはずだ。偽名なのか？　でも、もし本名だとしたら、それは何を意味するんだ？

「ああ。偽名じゃないかと疑ってるんだね？　無理もないよ。疑うなら疑ってもいいさ。でも、もし本名だとしたら、どうしてそんな大切なことを教えたと思う？」

本当は悪いやつじゃないから。いや、違う。そんなはずはない。もしこっちの勝手な誤解だとしたら、こんな人を不安にさせる現れ方はしないはずだ。

自分が困難な事態に陥っていることを加奈子に知らせたいが、今、裕彦に伝言を頼むのはまずい。あの矢倉とかいう男にさらに情報を与えてしまうことになる。

「はい、時間切れ」矢倉はぽんと手を打った。「今から正解を発表します。たらたらたらたらたらたらたらたら」矢倉はドラムを叩いているようなしぐさをした。「実はただの時間稼ぎでした。これから死ぬやつに何を教えても無問題だからです」矢倉はさっと身を躱《かわ》して、道の端に身体を寄せて細くなった。

矢倉の背後の脇道の一つから突然猛スピードのオートバイが飛び出してきた。急いでいるのか、全く速度を落とさずスリップ気味になりながら角を曲がり、こちらに突っ込んでくる。

しまった。用心していたのに、罠に掛かってしまった。早く逃げておくべきだったんだ。

だが、まだ遅くはない。

良平は裕彦を小脇に抱えて、辺りを見回した。

そうだ。この脇道だ。ここに逃げ込めば、オートバイをやり過ごせる。運転手に殺意はないはずだ。脇道まで追ってくることはない。

良平は裕彦と一緒に脇道に飛び込んだ。

真正面の数メートル先に自動車があった。速度を落とさずに突っ込んでくる。

しまった！　こっちが本命だったのか！

もはや逃げることもできず、良平は裕彦を自らの肉体で包むようにして守ろうとした。

強い衝撃を受けた直後、全身に鈍痛が走った。

息ができない。

傍に横たわる裕彦は動かない。

呼び掛けようとしたが、声が全く出ない。

裕彦の周囲に赤い液体が広がっていった。

良平の意識は急速に遠のいていった。

最後に矢倉の高笑いが聞こえたような気がした。

3

フードコートでハンバーガーとフライドポテトを注文した後、呼び出しが掛かるまで、加奈子と裕彦はテーブルで待つことにした。

裕彦はぶつぶつと喋《しゃべ》っていたが、加奈子は特に気にしない。良平と親子の会話をしているのだ。どうやらこの世界と向こうの世界の違いについて話し合っているらしく、色だの、においだのと言っていた。

まあ、何が違っていたとしても、それを確かめることができるのは裕彦だけなので、あまり意味のない会話のようにも思えたが、加奈子は敢《あ》えてそのことを指摘しなかった。たぶん、良平は純粋に息子との対話を楽しんでいるのだろう。

突然、裕彦は無言になった。表情も硬く、緊張状態にあるようだ。

加奈子は不安に襲われた。明らかに空気が変わったことが感じ取れた。

「あのおじさんも僕と同じなの？」裕彦が言った。

あの男が良平と裕彦に近付いてきた。

加奈子は直感した。

もし、加奈子の直感が正しいなら、今二人は極めて危険な状況にあることになる。

何かわたしにできることはないかしら？

加奈子はとりあえず周囲を見回した。

怪しげな人物はいないような気がしたが、確信は持てない。

「ヒロ君、声出さないで、首を使って答えて。ほんの少しだけ動かすのよ」

裕彦は微《かす》かに頷《うなず》いた。

頭のいい子だわ。

加奈子は裕彦を誇りに思った。

裕彦は二つの身体《からだ》を別々に動かすことは多少はできるのだが、どうしても同時に同じことを話してしまうらしい。だから、今喋るのはまずい。だが、微かな身振りなら、相手に気付かれない可能性が高い。

「今日見た怪人がお父さんとヒロ君の近くにいるの？」

裕彦は頷いた。

やはりそうだ。

「こっちにはいる？」

裕彦は首を振った。

よかった。

加奈子は少し安心した。だが、気を抜いてはいけない。隠れてこっちを見張っている可能性もある。

「いい。お父さんの言う通りにするのよ。絶対に勝手に動いては駄目よ」

裕彦は頷いた。

加奈子はなんとか良平と意思の疎通を行う方法はないかと考えた。だが、どうしても思い付かない。

こんなことなら、喋らなくても意思を伝えられる合図のようなものを裕彦に教えておけばよかったと思ったが、もちろん今からでは手遅れだ。

裕彦の身体がぐらぐらと揺れた。

向こうの世界で激しく動いているので、こっちの身体も影響を受けているのだ。

加奈子の不安はさらに強くなった。

おそらく良平と裕彦は走って逃げようとしている。

しかし、あいつの得意技は事故に見せ掛けて殺すことだった。良平たちが急に走り出したということはあいつに誘導されている可能性がある。もちろん、良平だってそのことは知っている。

だが、敵は相当な経験を積んでいるのかもしれない。良平はこういう人間を相手にするのは初めてだ。簡単に敵の術中にはまってしまうかもしれない。

「ヒロ君、急に走っては駄目！　周りをよく見て！　危ないものはない？」加奈子はなんとか不安を抑えて、大声にならないように言った。

裕彦は目を見開いた。

「どうしたの？　何かあったの？」加奈子は裕彦の肩を摑《つか》んだ。

「あっ！」裕彦は叫んだ。

「何？　大丈夫よね？」

突然、裕彦は白目を剝《む》くと、がくんと頭をテーブルの上に落とした。

「ヒロ君！　ヒロ君！」加奈子は半狂乱になって裕彦の身体を揺すった。

周りに座っていた客たちが加奈子の様子に気付いて、がやがやと喋り始めた。

だが、そんなことなど構っていられない。加奈子は裕彦の名前を呼び続けた。

「どうかされましたか？」スーパーの男性店員が近寄ってきた。加奈子の様子にただならないものを感じたのだろう。

「ええ。それが……」

加奈子はどう答えたものだろうかと思った。事態が急を要するものであることはわかっていた。だが、こちらの世界で救急車を呼んだところで、何か意味があるのだろうか？　今、裕彦が意識を失ったのは、十中八九、向こうの世界で、あの犯人に襲われたことが原因だ。きっと、事故に見せ掛けた罠《わな》に掛けられたのだろう。だが、それはあくまで、向こうの世界で起こったことだ。この世界では、裕彦は事故には遭っていない。向こうの世界で救急車を呼べば適切な治療が行われることだろうが、この世界では対処のしようがないのではないか。

もしそうだとしたら、騒ぎ立てない方がいいのかもしれない。もし目立ったら、こっちの世界でもあいつに気付かれてしまうかもしれない。もちろん、こちら側では事故に遭わせられることはないだろうが、なんらかの危害を加えられる可能性がある。

いいえ。たいしたことはないんです。昼間あんまりはしゃぎ過ぎて、食事中に眠り込んでしまったんです。

そう言って、誤魔化してもいいのかもしれない。

悩んだのはほんの一瞬だった。

「この子、突然意識を失ってしまったんです。救急車を呼んでいただけますか？」

確かに、こちらの世界で治療をしても効果はないかもしれない。だが、絶対に効果がないとは言い切れないのだ。二つの世界の仕組みについては、何もわかっていないのだから。それに、ひょっとしたら、本当にこちらの世界での病変が原因なのかもしれない。このまま裕彦を放置して、もし死んでしまったら、一生後悔することだろう。無駄かもしれないが、できるだけのことはしたい。

「救急車ですか？」

「ええ。救急車です」

店員は迷っているようだった。店に救急車がやってきたら、変な噂《うわさ》が立つかもしれない。店としては、なるべく救急車を呼びたくないのだろう。もちろん、本当に急病だった場合、救急車を呼ばないこと自体が非難されることになる。患者の病状を見極めることが重要だと考えているのだろう。

「こんなことはよくあるんですか？」

「いいえ。初めてです」

この店員は何が言いたいんだろう？　こういう持病じゃないかと思ってるのかしら？

「眠ってる訳じゃないですよね」店員は尋ねた。

「眠ってたら、揺すられてとっくに目を覚ましています」

「ふざけてるってことはないですよね？」

「わかりました。自分で救急車を呼びます」加奈子はスマホを取り出した。

「ああ。その必要はありません。店から呼ばせていただきます」店員は慌てているようだった。

店が救急車を呼ぶ必要がないと判断して、客の携帯から救急車を呼ばれたりしたら、あとで言い訳することが難しくなる。そんなことになるぐらいだったら、思い切って、救急車を呼んだ方がましだと思い至ったのだろう。

ほどなく店員が呼んだ救急車がやってきた。

もちろん、救急隊員には本当のことは言わない。別の世界でこの子の分身が事故に遭ったのだと言えば、加奈子自身が入院させられるはめになってしまうかもしれない。

加奈子は客観的な事象のみを伝えた。

はい。食事ができるのを待っているときに、突然意識を失ったのです。何も食べていなかったので、食事が喉《のど》に詰まったとか、誤飲したとかいうことはありません。持病は特にありませんでした。

脈拍や呼吸にも異常は認められなかった。

病院に着くと、脳波、心電図、レントゲン、血液検査など様々な検査が行われたが、異常は発見されなかった。

「一番似ているのは、睡眠をとっている状態です」医者は困惑しているようだった。「脳にも、神経系にも、循環器系にも、呼吸器系にも問題はありません。お子さんが意識を失っている理由が全くないのです」

「はい」加奈子は黙って頷くしかなかった。

裕彦が意識を失っている理由ははっきりとわかっている。しかし、そのことを医者に教えても信じて貰《もら》えないし、万が一信じて貰ったとしても、打つ手は一つもないのだ。

「その、言いにくいのですが……」医者が話を続けた。

「はい。何でしょうか?」

「詐病という可能性はないでしょうか? 寝たふり、つまり狸寝入《たぬきねい》りをしているとか」

「六歳の子に何時間も寝たふりを続けることが可能だと思われますか?」

「もちろん、そんな可能性は殆《ほとん》どないということは理解しています。また、脳波パターンの説明も難しい。しかし、それが一番ありそうな仮説なんですよ」

「脳波は覚醒《かくせい》状態とは違うんですか？」

「はい。はっきりしたことは言えませんが、これもまあ睡眠状態に似ていますね」

これは朗報なのかしら？

加奈子は迷った。

向こうの世界でも裕彦は死んでいないということ？　単に意識を失っているだけということ？

しかし、二つの世界の一方で分身が死んでしまった場合、もう一方がどのような状態になるのか全くわからないのだ。ひょっとしたら、今の裕彦のように意識不明状態が続くのかもしれない。あるいは、片方の肉体が死ねば、もう片方も連動して死んでしまうのかもしれない。あるいは、単に二つの世界の繋《つな》がりが途切れ、普通の一人の人間に戻れるのかもしれない。前例のないことであり、何が起こるかは全くわからないのだ。


とりあえず、異常は見られないまま二十四時間が経《た》った。

意識が回復しないため、裕彦は点滴から栄養を補給することになった。今後も意識を回復しない場合、点滴だけでは必要な栄養を賄《まかな》えないので、経鼻チューブによる栄養補給を行う必要が出てくるだろうと言われた。

加奈子は了承するしかなかった。

呼吸は正常なため、酸素吸入も人工呼吸も必要なかった。ただ、ベッドの上で眠り続けているだけだった。

これは治療と言えるのかしら？　ただ、眠っているだけなら、家に連れて帰ってもいいんじゃないかしら？

ただ、家に連れて帰ることには不安もあった。もし、不測の事態が起きた場合、病院にいた方がなんらかの処置が可能かもしれない。それに、犯人はこちら側の裕彦の命も狙《ねら》わないとは限らない。家に連れて帰った場合、常に加奈子が見張っているという訳にもいかない。医者や看護師の目が届く病院の方がまだ安心かもしれない。

そして、数日後、買い物をしているとき、病院から連絡があった。

「お子様の意識が回復されました」

「本当ですか？　ありがとうございます。すぐに参ります」

「はい。ただ、少し混乱されているようで、すぐにお母様に言わなければならないことがあるとおっしゃっておられます」

「はい。混乱しているんですね。わかりました」病院のスタッフが裕彦の言動を混乱と捉《とら》えるのは、全く想定内だ。

加奈子は大急ぎで、病院へと向かった。

「担当看護師によりますと、今日の朝十時頃、突然目を開けて、すぐに『お母さんは大丈夫か』と尋ねたそうです。どうやら、一緒に事故に遭ったと思っているようで……」

さっさと病室から出ていって、わたしと裕彦の二人っきりにして、と何度も喉まで出掛かったが、なんとか飲み込んだ。医者としては、病状を説明する義務があるのだろう。だが、どうせ説明できないことはわかっている。昏睡《こんすい》の原因も不明なら、覚醒した原因も不明のはずだ。なにしろ、原因はこの世界にないのだから。

たっぷり三十分も意味不明の言葉で説明した後、医者は出ていった。

「お父さんは大丈夫なの⁉」加奈子はまず良平の無事を確認した。

「うん。お父さんも怪我《けが》をして入院しているよ」裕彦に特に苦痛はなさそうだった。

「今、お父さんもそこにいる？」

「今はいない。でも、後でまた来るって言ってた」

「二人とも、犯人にやられたの？」

「うん。騙《だま》されて車の前に飛び出してしまったんだ」

「お父さんがそんな簡単に騙されるなんて」

良平は慎重な人間だ。事故に見せ掛けようとしているとわかっている相手の策に簡単に乗ってしまうとは、相手は相当狡猾《こうかつ》なのだろう。

「あいつ、頭がいいんだ。お父さんは僕を守ろうとしたんだけど、二人とも車にぶつかってしまったんだ」

「あいつに脅されても、逃げたりしてはいけなかったのよ」

「そうじゃなくて、オートバイから逃げようとしたんだ」

「あいつがオートバイに乗ってたの？」

「そうじゃない。オートバイには別の人が乗ってたんだ」

「そのオートバイに撥《は》ねられたの？」

「違うよ。自動車に撥ねられたんだ」

「どういうこと？　よくわからないわ」

「あっ。お父さんが来た」

「あなた、大丈夫なの？」加奈子は良平に呼び掛けた。

裕彦はいつものように通訳に徹する。

(ああ。右脚を骨折した上、一時的に脳震盪《のうしんとう》を起こして意識を失ったんだけど、裕彦より少し早く意識が戻ったんだ)

「裕彦の方はどうなの？」

(裕彦は腕と頭に怪我をして、出血が酷《ひど》く、しばらく意識が戻らなかった。だが、輸血の甲斐《かい》があって、もう大丈夫だそうだ。もうしばらく入院の必要があるそうだけど)

「入院している方が安心だわ」加奈子はほっとして溜《た》め息《いき》が出た。

(俺もそう思う。いくらあいつでも、医療ミスを誘発させるのは難しいだろうから。まあ、絶対にないとは言えないが、もしできたのなら、俺たちが意識を失っているうちにやってたはずだから、まず大丈夫だと思う)

「犯人は捕まったの？」

(もちろん、捕まってはいない。俺たちを撥ねたのは、無関係な人物だ。一応、加害者なんだけ

ど、その人物には感謝したいぐらいだ。逃げたりせずに、ちゃんと救急車を呼んでくれたんだから)

「その人にとっては、とんだ災難ね。……それで、犯人のことは何かわかったの？」

(名前は矢倉阿久羅だ。物凄《ものすご》く頭の切れる男だ。そっちの世界で見付けても、近付かない方がいい)

「本名なの？」

(たぶん。俺たちが死ぬと思って、ぺらぺら喋ったんだ)

「でも、死ななかった」

(罠があると予測していたから、一瞬早く動けたというのが大きい。あと、こっちがめちゃくちゃに運がよかったというのもあるだろう)

「もしくは、そいつがめちゃくちゃ運が悪いとか」

(もしあいつの運が悪いとしても、それを補って余りある頭脳を持っている)

「どうしてわかるの？」

(あいつはあの日、俺たちに会ったばかりだったんだ。それなのに、俺があいつの能力を推測して、それに対処してくるだろうということを予測していた)

「裕彦の様子からあいつを怪しいと見抜いたあなたも凄いと思うけど」

(だから、あいつはその上を行ったんだ)

「じゃあ、あなたはさらにその上を行けばいいのよ」

裕彦は黙った。

「どうしたの？」加奈子は尋ねた。

「お父さんは考え中だよ」裕彦が言った。

（注意深く分析したら、あいつが二重に罠を仕掛けていることに気付けたかどうかを考えているんだ）

「結論は出た？」

（わからない）

「わからないんだ」

（もし、俺が二重の罠を推測したとしても、あいつはさらにその上の罠を仕掛けてくるかもしれない）

「でも、実際仕掛けてなかったんでしょ？」

（だが、俺にはわからない訳だ。俺はありもしない罠のことを考えて、挙句の果てに無駄な動きをして、簡単に二重の罠に掛かってしまうだろう）

「なんだか悪い方にばかり考えているみたいだけど？」

（君もあいつに会ってみればわかる。とてつもなく、悪知恵が働くんだ）

「でも、全能じゃない」

（そりゃ全能じゃないさ。神様じゃないんだから）

「そう。あなたと同じ人間なのよ。勝てない訳ないじゃない」

（確かにそうだ。あいつは数分先を知ることができるのかもしれないが、人の心を読むことはできない。だとしたら、俺が何重の罠を想定しているかはわからないはずだ。あいつがそこを読み間違えれば、こちらにも勝機がある）

「こっちが読み間違える可能性はあるけどね」

（よし、対策会議だ。こっちのとれる作戦は限られている。ひたすら、逃げ隠れし続けるのか。相手が近付いてくるのを待って、迎え撃つのか。それとも、こちらから撃って出るのか）

「それを考えるのはまだ早いんじゃない？」

（じゃあ、いつ考えるんだ？）

「相手のことをもっと調べてからでもいいんじゃない？」

（なるほど。その手があったか）

「なんだか、心配になってきたわ。今すぐ、できるだけ遠くに逃げた方がいいのかも」

（今のは冗談だ。実はすでにネットで矢倉のことは調べてあるんだ）

「該当者はいたの？」

（一人いた。あのダム災害で九死に一生を得た青年だ。両親をなくし、孤独になったらしい）

「矢倉もあの災害のときに能力を得たの？」

（確証はない。単なる偶然かもしれない）

「偶然だなんて考えられないわ」

（偶然でないとしても、原因はわからない。生死の間を彷徨《さまよ》うことが重要なのかもしれない。そ

れとも、あの地震に何か原因があるのかもしれない）

「でも、そいつの正体がわかったのは大きいわ。今、どこに住んでいるの？」

（そこまではわからなかった。これ以上、調べるためには、探偵か何かを使う必要があるかもな）

「探偵は無理じゃないかしら？　気付かれたら、あいつに殺されてしまうかも。それに、二つの世界、こちら側とそちら側での連携もできないし」

（あいつは世界Aと世界Bと言ってた。そっちがAで、こっちがBらしい。探偵をする人物は二つの世界について、正確に把握している必要があるだろうな）

「だったら、探偵になるべき人間は限られてくるわね」

（ああ。極めて限定的だと思う）

4

「すみません。ここ矢倉さんのお宅で間違いありませんか？」良平は犬の散歩をしている老人に声を掛けた。

矢倉の現住所が見付からなかったため、良平はとりあえず実家近辺で聞き込みを始めることにしたのだ。

「えっ？　ああ。そうだよ。だけど、家はほぼ全壊でね。中にいた子は助かったそうだけど、このご夫婦は出掛けていていて、流されたんだ。相当下流で見付かったらしいよ」

「子？　子供さんですか？」

「ああ。そうだよ。まあ、子供って言ったって、二十歳《はたち》はとっくに超えてたはずだけどね」

だったら、子供じゃないよな。

良平は思わず、突っ込みそうになった。

だけど、この人から見たら、俺ぐらいになっても、まだ子供なのかもな。

「矢倉さんに何か用事かい？」老人は気さくに尋ねてきた。

「ええ。阿久羅君と知り合いで、少し近くに寄ったものですから」

「相当仲がいいんだね」

「えっ？」

「いや。普通の知り合いだったら、近くに寄ったからと言って、家を訪ねたりはしないだろう。自分も面倒だし、いきなり来られる先方だって迷惑だと考える。だけど、そういうことは気にしなくてもいいし、多少面倒でも会いたいということは相当親しい関係だということだ。特にあんた足が不自由そうだし」

「ああ。これはこの間骨折したのが完治してないだけなんです」

この爺《じい》さん、割と細かいことに気付くタイプのようだ。

「お子さんかい？」老人は裕彦の方を見た。

「あ。はい」

調査にはある程度危険は伴うのはわかっていたが、裕彦を一人で置いてくる訳にもいかず、連れてきていたのだ。

「これより山側は子連れでは行かん方がいいよ」

「山側……ですか？」

「去年の鉄砲水から全然手付かずになっとるんだ。道も何もぐちゃぐちゃで、また大雨か地震があったら、すぐに土砂災害が発生するんじゃないかと心配でね」

良平は山の方を見た。確かにあちこちに崩れた跡がまだ残っていて、非常に荒れ果てた感じだ。道路らしきものも見えるが、人も車も通っていない。

「まあ、市街地の復興が最優先ってことなんだろうが、山の方にも少しは手を入れて貰わんと、怖くて麓《ふもと》に住んでられんわ」

「皆さん、ここに残っておられるんですか？」

「いろいろだな。出ていく者もおるし、ここにへばりついとる者もいる。まあ、へばりついているのは、だいたいわしみたいな年寄りだけどな。若いやつはまあ出ていくだろうな。仕方がない。ここまでの災害が発生すると、再開発よりは移住の方がてっとり早いからな」

自分が住んでいた辺りはそこそこ市街地だったけれど、これからどうなるんだろうな。

良平は思った。

まあ、持家じゃなかったから、あまり深くは考えてなかったけど、あの街はもうなくなるんだろうか？　それとも、新たに生まれ変わるんだろうか？　どっちにしても、住人たちの考え方一つなんだろうな。

「阿久羅君はどこに行かれたか、ご存知ですか？」

「確か、いったん入院したけど、すぐに退院したんだ。それから仮設住宅に住み始めたそうだ」

「今でも仮設住宅に？」

「それがいろいろ問題があってね」

「問題？」

「いや。たいしたことじゃない。言葉が二重に聞こえるとか、一人の人間が二人に見えるとか、そんな妙なことになったらしい。それから、テレビの野球やサッカーの試合で賭《か》け事《ごと》をしようと誰彼《だれかれ》構わず持ち掛けて、鬱陶《うっとう》しがられていたってことだ。当然だ。そんな違法なことをしなくったって、サッカーくじや馬券を買えばいいいんだから」

人物が二重に見えたり、言葉が二重に聞こえるのは、裕彦も苦しんだ症状だ。裕彦は一週間もしないうちに慣れてしまったが、それは裕彦が子供で適応能力が高かったおかげかもしれない。すでに成人していた矢倉がこの状況に慣れるまで、相当かかったのではないだろうか？　また、賭けを持ち掛けたのは、二つの世界の時間差を利用して、金儲《かねもう》けを企《たくら》んだのだろう。まあ、ギャンブルがこの能力の一番簡単な使い道だ。だが、時差が一、二分だと公営ギャンブルに使い辛かったので、私的なギャンブルに使おうとしたのだろう。しかし、実際日本はギャンブル天国と言ってもいいぐらい様々な合法ギャンブルが存在している。わざわざ矢倉の口車に乗る人物はいなかったのだろう。仮にいたとしても、しばらくすれば、矢倉の勝率に気付いたはずだ。相手は、何か不正が行われているか、もしくはとてつもなく強運だと、判断するだろう。どちらにしても、矢倉の相手をする者はすぐにいなくなる。

「その後はどうなったんですか？」

「仮設住宅から姿を消した。だが、たまに見掛けるという話も聞く。なんでも、堅気じゃなさそうな雰囲気だったって言ってたな。いつも、おかしな風体をした輩《やから》とつるんでいて、大金を受け取っていたという話も聞く」

やはり、矢倉は単なる快楽殺人鬼ではなく、プロの殺し屋である可能性が高そうだ。

やつは二つの世界の時間差を利用することによって、世界Bでは数分先を予知できる人間になれるのだ。まともな人間なら、可能だとしてもそんな仕事を始めたりしないだろう。だが、やつは違っていた。金のために能力を活用し出したのだ。

全く恐ろしいやつだ。

良平は心底ぞっとした。

あいつは、保身のためなら、物凄く簡単に自分たち親子を殺そうとするだろう。いくら、おまえの邪魔はしないから殺さないでくれと懇願したところで、あいつは聞く耳を持たないと思われる。俺たちを生かしておいても何の得もない。そう思えば、あいつは躊躇《ためら》うことすらせずに殺人を実行するだろう。

だが、矢倉自身も気付いていない事実がある。それはあいつのやろうとしていることにうってつけかもしれない。もしあいつがこの事実を知ったなら、裕彦を殺そうとすることは止《や》めて、仲間にならないかと打診してくるかもしれない。そうすれば、もはやあいつに命を狙われることはなくなるだろう。

だが、その事実をあいつに知らせる気はなかった。それを知れば、あいつはほぼ間違いなく、裕彦を自分の同類にしようとするだろう。良平は自分の子供を怪物にするつもりは全くなかった。

良平は老人に礼を言い、人通りの少ない場所に裕彦を連れていくと、静かに呼び掛けた。

「お母さんと話がしたいんだ。そこにいるのかい?」

「うん」

いつものように加奈子との会話が始まる。

「矢倉の正体がわかってきた」

(こっちでも、だんだんわかってきたわ)

「こっちでは、やつは殺し屋をしているらしい」

(想像通りね)

「そっちでは何を?」

(よくわからないけど、たかり屋みたいなことをしてるらしいって噂よ)

「たかり屋?」

(他人の秘密を嗅《か》ぎ付けて、それをネタに強請《ゆす》るらしいわ)

「どういうことだ？　予知能力とはあまり関係がないようだけど」

（こっち――世界Aではそもそも予知能力なんて持ってないのよ）

「しかし、たかり屋というのは不思議だな。そっちの世界では千里眼か透視能力が使えるとかかな？」

（そんな能力があるのなら、そっちみたいにもっと凄いことに使いそうだけど）

「確かにそうだな」良平は考え込んだ。「こっちの世界に何かの秘密があるのかもしれない。もう少し調べてみるよ」

（わたしの方ももう少し調べてみるわ）

「君の方はもう調べなくていいよ」

（どうして？）

「あいつは危険すぎる。こんな子供ですら殺そうとしたんだ」

（それを言うのなら、わたしよりあなたの方がもっと危険な状況よ）

「俺なら腕力では対等に戦える」

（あいつは人を殺すのに腕力は使わないんでしょ？）

「それはそうだが……」

（あいつは用心深いから直接手は下さないんでしょ？）

「それも推測に過ぎない。もしあいつが絶対にばれないと確信したら直接手を下すかもしれない」

（わたしを殺してもあいつに得はないんじゃないかしら？）

「決め付けはできるだけなくした方がいい。あいつが損得で行動しているかどうかはわからない。そして、論理的に行動しているかもわからない。確かに、今までは随分慎重に行動しているように見える。だけど、人間というものは、突然突拍子もないことをしてしまうものだ」

（あいつが衝動的な行動をとれば、普通に証拠が残って逮捕されるかも）

「あいつが逮捕されたとしても、君や裕彦の身に何かあったら、取り返しが付かない。あいつには絶対に近付かないでくれ。君が調査していることがばれることも危険だ。調査もここまでにするんだ」

（ええ。わかったわ）

加奈子は納得したような返事をしたが、どうも信じ難かった。彼女はそう簡単に諦《あきら》めるような人間ではない。かと言って、別の世界にいる加奈子を止める手段は何もなかった。彼女の身の安全を守るには、一刻も早く矢倉の弱点を見付け出し、あいつを無力化するしかないのだ。


それからも調査を続け、良平は矢倉が高級マンションに住んでいることを突き止めた。矢倉はちゃんとした仕事をしている様子はなかった。夜はあちこちの高級クラブで飲み明かし、昼間は高級車を乗り回し、女をとっかえひっかえしているようだった。一年前までただのニートだった男が特に事業を立ち上げた様子もないのに、突然贅沢三昧《ぜいたくざんまい》の暮らしを始めたとしたら、何か非合法な金儲けを始めたに違いないと誰もが思うことだろう。その非合法な金儲けとはつまり殺し屋なのだと、良平は確信していた。と言っても、矢倉が依頼主と接触するところを直接押さえた訳ではなく、彼の殺人現場に出くわした訳でもない。ただ、彼のテリトリーであろうと思われる地域で、異常に事故の発生が多いのは客観的な事実であった。それは決して偶然ではあり得ない確率だったが、それをもって矢倉を殺し屋だとする根拠にはならない。

おそらく警察だって、彼の派手な生活と事故遭遇率の高さには気付いているだろう。だが、彼は決して証拠を残さないため、逮捕することができないのだ。状況は絶望的に思えた。

どうして、俺たちはこいつに出会ってしまったのだろうか？

良平はあの日あの場所に行ったことを悔いた。

だが、本当にもしあの日あの場所にさえ行かなかったら、あいつと無関係な人生を歩むことができたのだろうか？

いや。そう考えるのは楽観的に過ぎるだろう。あいつは二つの世界を同時に認識できるという以外にも特別な才能と異常な人格を持っている。あいつは、裕彦が自分とよく似た能力を持っていることをほぼ瞬時に見抜いていた。あのときでなくても、俺たち家族はいつかどこかであいつと出会っていたことだろう。あいつと対峙《たいじ》しなければならないのはほぼ運命だと言ってもいいかもしれない。

(こっちの世界では、あまり贅沢はしていないようよ)

数日後、加奈子が裕彦を通じて連絡してきた。

「あいつのことは放《ほう》っておけと言ったじゃないか」

(そんなこと言ったって、何もしない訳にいかないじゃない。それに、もう調べちゃったんだから、あなたが聞かなかったら、わたしの苦労が全部無駄になっちゃうわ)

「わかったよ。そっちの世界での矢倉はどんな様子なんだ？」

(安アパートに住んでいるわ。だいたいは、近くのコンビニで、食料と酒を買ってるみたい。外では食事をしないようよ)

「なるほど。こっちの世界で殺し屋をしていくら稼いでも、金をそっちに持っていくことはできないからな」

(で、働いている様子はないの。前にも言ったように、近所の人によるとたかり屋みたいなことをしているらしいわ。何度か暴力団みたいな人たちがやってきて、大声で怒鳴り合いをしている内容でわかったって)

「たかり屋か……なるほど。そういうことか！」

(何か気付いたの？)

「こっちの世界から物質をそっちの世界に持っていくことはできないんだ」

(それは気付いていたわ)

「だが、持っていけるものはある。情報だ」

(ああ。そういうことか。そっちの世界で情報を摑めば、自動的にこっちの矢倉の頭に入る訳ね)

「殺し屋だから、闇《やみ》社会とも繋がりがあって、強請りのネタになりそうな情報が手に入りやすいんだろう。ときには、金で買ったりするのかもしれない」

（その情報を使うのはこっちの世界でだから、絶対に足が付くことはない）

「殺し屋程は儲からないだろうが、食っていくだけなら、それで充分なんだろう。あまり高額を要求すると、報復されたり、警察に通報されたりするだろうから、そこそこの端金《はしたがね》で妥協してるんだろうな」

（そんなことをするなら、ちゃんと働けばいいのに）

「やつは働く気なんかないと思うよ」

（殺し屋稼業で楽して儲けることを覚えたから？）

「彼は殺し屋になる前からずっとそうだったんだ。両親の収入を当てにして、自分は働いていなかった。世の中には、なんらかの理由で働くことができない人は大勢いると思うけど、彼はそうではなかった。やつの行動力を見る限り、精神的な弱さは全く感じない。やつは心に傷を負っていた訳でも、気力を失っていた訳でもなかったんだ。ただ、自分で額に汗して働くことを馬鹿にしていたんだ。そして、他人の命を奪うことで収入を得られるなら、喜んで殺人を犯す」

（いったいどうすればいいのかしら？　警察に通報する？）

「それは難しいな。おそらく警察もあいつの周辺で死亡事故が多過ぎることには気付いているはずだ。だが、意図的に事故を発生させているという証拠でもない限り、逮捕することはできないだろう」

（じゃあ、証拠を作ってしまったら、どうかしら？　濡《ぬ》れ衣《ぎぬ》を着せる訳じゃないんだから、許されると思うわ）

「人道的には許されるけど、法的にはアウトだよ。そもそも、二つの世界が存在することは立証できないんだから、もし発覚したら、矢倉を無実の罪に陥れるための証拠捏造《ねつぞう》だということになってしまう」

（二つの世界の存在は実証できるわ。現に、わたしたちの前で裕彦が実証してくれたじゃないの）

「俺たちが試した方法はあのときだから、意味があったんだ。今、同じことをしても親の仕込みだと思われてしまうよ」

（だったら、この世界にいる人間が知り様のないことを言ったら、どうかしら？　そっちの世界でしか起こっていない出来事をこっちの世界で話すの。そして、その逆もする）

「裕彦がこっちの世界でしか起こってないことをそっちの世界で話したって、そっちの世界では確かめようがないじゃないか」

（だったら、どちらかの世界ではもう死んでいる人に話を聞いて、もう一方の世界で誰も知らなかった秘密を話して貰うというのはどうかしら？　例えば、誰にも知らせていない場所に宝箱を隠したとか）

「まず協力者を探すのが大変だ。その人に正直に目的を話すか、それとも適当な理由をでっち上げて、今まで誰にも言わなかった秘密を教えて貰わなければならない。そして、苦労して手に入れたその秘密をもう一方の世界で明かしたとしても、なんらかの手段を使って調べたと思われるだけだ」

（じゃあ、どうすればいいのよ！）

「矢倉に俺たちに危害を加えることを諦めさせるんだ」

（そんなことできるの？）

「なんとか考えるんだ。あいつの秘密を握って脅すだけでいいのかもしれない」

（どんな秘密があるの？）

「それを今から調べるんだよ」

（雲を摑むような話ね）

「だが、それしか方法がないんだ」

（どうやって、調べるの？）

「それも今から考える」

（両方の世界で協力した方がいいんじゃないかしら？）

「絶対に駄目だ！」良平は不安に襲われた。「君はもうあいつに近寄ってはならない。約束してくれ」

（わかったわ。あいつには近付かない）

だが、良平の不安は収まらなかった。

5

陰鬱《いんうつ》な曇り空の下、加奈子は裕彦を連れて、矢倉家の残骸を訪れていた。

残骸の中に矢倉と戦うための材料がないかと探すためだ。

もちろん、良平との約束を忘れた訳ではない。だが、加奈子が調べているのはあくまで残骸だ。矢倉自身に近付いている訳ではない。

ぐしゃりと潰《つぶ》れて全壊した家に近付くと加奈子は強い吐き気を覚えた。裕彦と共に恐怖に苛《さいな》まれたあの時間を思い出してしまうのだ。

あの災害で、加奈子と良平は互いを失ってしまった。ただ、今は微かに裕彦を通じてのみ、二人は繋がっている。裕彦は二重の意味で加奈子の生き甲斐になっていた。裕彦を通じて良平の存在を感じていなければ、彼女は生きてなぞいられなかっただろう。

加奈子は吐き気を飲み込んで、瓦礫《がれき》の山に近付いた。

「ヒロ君はここで待っていて」加奈子は裕彦の手を放すと、残骸の中に足を踏み入れた。

すでに一年以上放置されているため、付近も残骸の中も雑草が生い茂っていた。そして、泥が何層にも流れ込んでいて、いろいろなものが腐敗し、強い臭気を放っていた。おそらく、鼠《ねずみ》や様々な昆虫の巣ができているだろうし、最悪、毒蛇や雀蜂《すずめばち》のような危険な生き物も潜んでいるかもしれない。

懐中電灯で崩れ落ちた屋根の下を照らす。

まだそこには生活の跡が残っていた。テレビや冷蔵庫のような電化製品、箪笥《たんす》や食卓などの家具、食器や雑誌なども散乱していた。食品はとうに腐敗してしまっているのだろうが、なんとなく泥の集積が痕跡《こんせき》のように思えてくる。

ぽつりぽつりと雨が降り出した。

空を見上げると、真っ黒な雲が渦を巻くように上空を漂っていた。

突然、雨は大粒のものに変わった。

今日はもう帰った方がいいかもしれないわね。

加奈子は折り畳み傘を見付けるため、鞄《かばん》の中を探った。

「雨の日なのに、ご苦労さんだね、奥さん」男の声がした。

加奈子は顔を上げた。

髪も髭《ひげ》も伸ばしっ放しにしている若い男が少し離れた場所からこっちを見ていた。地味な服装で、その上あまり洗濯していないのか、あちこちに染みができていた。

加奈子の鞄を探る手が止まった。

加奈子はその男の顔を見るのは初めてだったが、何者であるかは即座にわかっていた。

「やあ、坊や」男は裕彦に手を振った。

加奈子は裕彦の方をちらりと見た後、男を睨《にら》み付けた。

「何？　奥さん、俺が怖いの？」

「わたしたちに近寄らないで！」加奈子は叫んだ。

「俺が誰か知ってるよな？」

「知らないわ」

「嘘《うそ》はよくないよ。矢倉だよ。俺は矢倉阿久羅。知ってるよな？」

「知らないって言ってるでしょ。向こうに行って」

「いや。絶対に知らないはずないって、その坊やとも会ってるし。なっ？」

「こいつ、怪人だよ」裕彦が矢倉を指差した。

「ヒロ君、黙って」加奈子が裕彦に言った。

「怪人？　俺が怪人？」矢倉はぽりぽりと頭を掻《か》いた。「参ったな。俺、そんな悪いことなんかしてないんだけどね。むしろ、悪いやつを懲らしめてるんだ。『おまえのやった悪事をばらされたくなかったら、金を渡せ』ってね。だから、まあ俺はどっちかというと、怪人というよりは正義の味方なんだよ。……こっちの世界ではな」矢倉はにやりと笑った。

「脅しても無駄よ。あんたはこっちの世界では予知能力は使えない。だから、わたしたちを殺すことはできないんでしょ？」

矢倉は加奈子の言葉を聞くと、げらげらと笑い出した。

「何がおかしいの？」

「俺がおまえらを殺せないって？　どうして、そんなこと思い込んでるんだ？」矢倉はポケットからバタフライナイフを取り出し、片手で開いた。

鋭い摩擦音が響いた。

「殺したら、犯罪になるわ」加奈子が言った。「今まで慎重に行動して、直接手を下さなかったことが全部無駄になるのよ」

「おまえ、俺を甘く見てるだろ。そりゃ、もちろん直接手を下さないに越したことはない。だけどな、やらなきゃならないときにはやるしかないんだよな」矢倉は手の上でくるりとナイフを回した。

「今では、ここらを人が通ることは滅多にない。特に今は雨が降っている。まず誰も来ないね」

「でも、死体が残るわよ」

「そこだよな、問題は。でもな、ここでやったら、俺に分があるんだよ。その家、誰のものか知ってるか？」

「家なんてないわ」

「おまえが懐中電灯で勝手に覗《のぞ》き込んでた家だよ‼」矢倉の目が吊《つ》り上がった。

「これは瓦礫よ」

「いや。家だ、それも俺の家だ。つまり、おまえは不法侵入者なんだよ。勝手に家に入り込まれたことで俺は激昂《げきこう》してパニックになってやっちまった。そういう筋書きでいいんじゃないか？」

矢倉はさらに一歩踏み出した。

加奈子は裕彦の方へ後退《あとじさ》る。「そんなのは過剰防衛よ」

「そうかもな。だけど、それは死体が見付かった場合の話だよな」矢倉は空を見上げた。「おまえ、天気予報見てきたか?」

「何の話?」

「今日、これから豪雨になるんだよ。……あのときみたいに」

加奈子はまた吐き気を覚えた。

「ここの地盤はあのとき以来、ぐずぐずになってるんだ。いつ崩壊してもおかしくない。だから立ち入り禁止地区になっている。もっとも、見張りなんていないから、いくらでも入れるけどな。俺とかおまえみたいに。もし、今日これから土砂崩れが起きたら、死体なんか簡単に隠せるんだぜ」

「あんたに、今日土砂崩れが起きるかどうかなんてわかるはずがないわ」

矢倉はにたりと笑った。「もちろん、確実じゃない。だけど、俺の勘だと十中八九あと一時間かそこらでこの辺は凄いことになる。見ろよ。この空の黒さ。怪物が空から覗いてるみたいだ」

加奈子は思わず目を伏せた。

「そうか。空が怖いか」矢倉は愉快そうに言った。「あのときに旦那《だんな》が死んだんだってな」

「よく調べたわね」

「おまえだって、俺のこと調べてるじゃないか。……どうだ? 旦那がいなくて、夜が寂しいだろ?」矢倉は唇を嘗《な》めた。「俺が慰めてやってもいいんだぞ」

「それ以上、近付かないで」

「ああ。そう言えば、世界Bでは旦那まだ生きてるんだったな。俺が殺し損ねたやつだ。でも、あれだろ？　その餓鬼を使えば、通信することはできるんだろう？　でも、直接は触れないよな。言葉だけで楽しもうにも、子供に淫《みだ》らな言葉を伝えて貰う訳にはいかないから、あんまり楽しめないよな？　それとも、あれか？　子供にそんなことも言わせてるのか？」

「それ以上、侮辱したら許さない」

「馬鹿か？　よく考えろ。俺はナイフを持っている。おまえには武器がない上、足手《あしで》纏《まと》いの餓鬼までいる。ここは降参するのが賢いとは思わないか？」

「その自信はどこから来るの？」

「はったりだと思ってるのか？　ニートにナイフなんか使いこなせないと思ってるだろ？　残念ながら、俺にはたっぷりと時間があったんだ。ナイフを使うのなんて簡単さ。ただ、近付いて、腹を刺せばいい。何も難しくない。ただ、普通はびびっちまうんだろうな？　でも、俺はびびらない。俺は何十人も人を殺している。直接じゃないけどな。だけど、人を殺していることは間違いない。だから、今更びびる要素は全くないんだよ」

「そんなことを言ってるんじゃないわ」加奈子は言い返した。

「じゃあ、何の自信だよ？」

「わたしが武器を持ってないとどうして言えるの？」

「俺がつまらないはったりに引っ掛かると思ったら大間違いだ」

「あんたがつまらないはったりに引っ掛かるとは思ってない。それにはったりでもない」加奈子は鞄を落とした。その手には黒い装置が握られていた。

その装置はばちばちと火花を発した。

「ああ。スタンガンな」矢倉は馬鹿にしたように言った。

「結構痛いわよ」

「そりゃ痛いだろうな。当てられたら」

「わたしに当てられないと思ってるの？」

「俺のナイフよりうまく扱えるのか？」

もちろん、そんな自信はない。だが、そのことをあの男に教えてやる必要はない。

「試してみる？　わたしは構わないわよ」

「そうだな」矢倉は顎《あご》を摩《さす》った。「たぶん、俺の方が速いとは思うが、痛いのは嫌だな。やめとくか」矢倉はナイフを捨てた。

加奈子はほっと溜め息を吐《つ》いた。

「ナイフを使うのはやめておく」矢倉はポケットから装置を出した。「そして、代わりにこれを使うことにする。これはテイザー銃だ。スタンガンによく似た武器なんだ」

加奈子は裕彦の前に立ち、スタンガンを矢倉の方に突き出し放電を始めた。

「ただ違うところもあるんだ」矢倉はゆっくりと装置を加奈子に向けた。「これは飛び道具なんだよ」

発射音と共に何かが右胸に当たった。

「きゃあああ‼」加奈子は絶叫した。全身が硬直し、スタンガンを取り落とし、その場に倒れた。

矢倉はナイフを拾い上げ、近付いてくる。

「ヒロ君、逃げて……」加奈子はなんとか声を振り絞った。

「でも、お母さんが……」

「お母さんは大丈夫。あいつはこの世界では人を殺さないはず。……でも、ヒロ君は逃げて。……お父さんと一緒にあいつをやっつけて」

裕彦は歯を食いしばって頷いた。

「ヒロ君、お母さんを助けたかったら、そこにじっとしていろ。……痛みは一瞬だから心配するな」

裕彦は加奈子のすぐ近くの地面に蹲《うずくま》った。

「いい子だ」矢倉はすたすたと近付いてくる。

「ヒロ君……」加奈子は泣いた。

矢倉が裕彦の肩を摑んだとき、裕彦は立ち上がり、矢倉の喉にスタンガンを押し付け、放電した。蹲っているときに加奈子が落としたのを拾ったのだ。

「がはっ！」矢倉はナイフを取り落とし、仰《あお》向《む》けに倒れた。

矢倉がなんとか起き上がったとき、裕彦は大雨の中、崖《がけ》の上へと向かう坂を駆け上っていく途中だった。

矢倉は自分の喉を押さえた。「糞餓鬼《くそがき》なかなかやるじゃないか」そして、加奈子の方を見た。

「どうするの？　あの子は頭のいい子よ。あなたが今やったことは歴《れっき》とした犯罪よね。あの子が通報したら、警察は喜んであなたを逮捕すると思うわ」加奈子はもがきながらも起き上がろうとした。

矢倉はテイザー銃を拾い上げ、スイッチを入れた。

「きゃあああ‼」加奈子は悲鳴を上げた。

「このまま殺すこともできる」矢倉は加奈子を睨み付けた。

「やりたいならやればいいわ」

「確かに、難しい局面だ。殺したら、足が付くかもしれない。……だが、今のところ、俺はたいして兇悪《きょうあく》な犯罪を行ってはいない」

「何人も殺してるんでしょ」

「あれは犯罪じゃないんだよ。刑法は超能力もパラレルワールドも想定していないからね。もしあの餓鬼が警察に通報したとしても、俺は自分の土地に子連れで入ってきた様子のおかしい女を撃退したに過ぎないんだ」

「わたしは洗いざらい喋るわ」

「そんなことをしても、おまえの頭がおかしいと思われるだけだ。つまり、おまえの証言は俺に有利に働く。万が一、おまえを信じるやつが現れたとしても、立証することは不可能だ」矢倉は鞄の中から針金と粘着テープを取り出し、加奈子に近付くと針金で両手両足を縛り、一方の端を家の残骸に括《くく》り付け、さらに口にテープを貼《は》った。「俺にとって厄介なのは、あの餓鬼だ。おまえを生かしておくのは保険に過ぎない。あの餓鬼が生き延びて、警察に通報したときのな。餓鬼の始末が終わったら、おまえも始末できる。死体を隠す方法は後でゆっくり考える」

加奈子はなんとか身体を動かして、声を出そうとしたが、小さな呻《うめ》き声しか出なかった。

「言っとくが、おまえも餓鬼も楽に殺すとは限らないからな」矢倉はナイフとテイザー銃をポケットに入れると、崖の上へ向かう坂を走り出した。

大粒の雨の中、加奈子はもがき、呻き続けた。


矢倉がしばらく進むと、道は林の中に入り、そこで二股《ふたまた》に分かれていた。

彼は足跡を確認した。雨の中で、地面はぬかるんでおり、足跡を付けずに進むことは不可能だった。

所詮《しょせん》は子供だ。

矢倉は勝利を確信し、再び走り出した。

数十メートルほど走ると、また道が分かれる場所があった。

矢倉は再び地面を観察した。

そこに足跡らしきものはなかった。

矢倉はぐるぐると周囲を探したが、何も見付からない。

どういうことだ？

矢倉は自分の髪を摑み、天を仰いだ。

シャワーのような雨が顔に降り注ぐ。

どういうことだ？　なぜ足跡が消えたんだ？　雨に消される程の時間は経ってないはずだ。あの餓鬼に騙されたというのか？

六歳の子供に大人を騙す程の知恵はない。矢倉にはそんな思い込みがあったのだ。もし、追跡する相手が大人だったら、足跡を偽装する可能性も考えたはずだ。

矢倉は唇を嚙《か》んだ。

俺が甘かった。子供相手だろうと、全力を出すべきだったんだ。あの餓鬼が逃げおおせて警察に駆け込んだりしたら、こっちの世界での俺の自由は相当制限されることになる。あの母親があっちこっちで騒ぎ立てたら、強請りの仕事もやりにくくなるだろう。なんとしても、あの餓鬼と母親を始末しなければならない。

矢倉は怒りに打ち震えた。

冷静になるんだ。考えろ。餓鬼にできることは限られている。あせらず追い詰めればいい。自分の能力を精一杯使うんだ。俺の能力を知っている人間はたったの三人。そのうち二人は俺に抗《あらが》う力すら持っていない。残りの一人は潜在的には脅威かもしれないが、今は只《ただ》の餓鬼だ。文字通り、始末するのは赤子の手を捻《ひね》るようなものだ。そもそもあの餓鬼を殺すのは、こっち側の世界でなくてもいいはずだ。分身の片割れが死んだらどうなるのかわからないが、少なくとも生き残った側も只の人間に戻ってしまうはずだ。

よし。母親のことはしばらく忘れよう。まずは世界Ｂで父親と餓鬼を殺す。前には失敗してしまったが、人的要素が入らない方法なら、確実に殺せるだろう。あの二人が死んでしまえば、残った母親は単なる普通の人間だ。厄介なことには変わりないが、殺すなり、脅して心を砕くなり、なんとでもできるだろう。

男は最初の分かれ道まで引き返した。

詳しく調べると、裕彦の足跡は途中で道から外れて林の中に入っていた。林の中は落ち葉が積もっており、道の上程はっきり足跡が残らないのだ。

崖から下を見ると、結構見晴らしがいい。矢倉の実家であった瓦礫の周辺を含め、あの女以外の人影は見えない。子供の足の速さから考えて、下には戻っていないようだ。

だとしたら、もう一方の山道か。

矢倉がそっちの方向に進むと、数十メートル先で、林から出てきた足跡が残っていた。

やはりそうか。所詮は餓鬼のすることだ。それほど知恵は回らない。後を追えばやがては追い詰められる。慌てる必要はない。むしろ、気にするべきは、急いで追いかけて物陰に隠れているあの餓鬼を見逃すことだ。ここは落ち着いて、ゆっくり追いかけよう。

矢倉は周囲に警戒しながら、裕彦の足跡を追った。

予想通り、裕彦は単純に逃げている訳ではなかった。途中何度も林の中に入って痕跡を消そうとしていた。ただし、子供の足では林の中を遠くまで進めないようで、根気よく探せば、林から道に戻った跡は見付かった。特に分かれ道では、何度も林の中に足を踏み入れているため、矢倉は何度か無駄足を踏まされたが、持ち前の粘着質な性格で確実に後を付けていった。

林はどんどん鬱蒼《うっそう》となり、やがて森へと変じていった。前方には無数の高山が聳《そび》えたち、その黒々とした姿は人間を寄せ付けない異界の地のようにも見えた。

雨はますます激しくなり、雷鳴が響き渡った。

このような場所では、幼児はさぞや心細いだろう。

そう思うと、矢倉は自然と高笑いを始めていた。げらげらと大声で笑いながら、嵐《あらし》の山中に分け入り、登っていく。

これだ。俺が求めていたのは、この昂揚感《こうようかん》だ。多少のトラブルがあった方がいい刺激になる。スパイスのようなものだ。全力で年端のいかない子供を追い詰める。俺は圧倒的に有利だ。どうやって、あの餓鬼に絶望感を味わわせてやろう？　自分の無力さを思い知らせるにはどうしたらいい？　目の前で母親を手籠《てご》めにしてやろうか？　いや。まだ、その行為の意味がわからないか。だとしたら、虐《いじ》め殺した方がいいかな？

そして、大雨で十メートル先も見えなくなった頃、矢倉は木の根元に座り込んでいる裕彦を発見した。

泣いているのか、手で目の辺りを擦《こす》っていた。

少し先に目を移すと、道路が大きくカーブしているのが見えた。すでにガードレールが崖の下に崩れ落ちている。そして、その道路を伝って雨水が激流となって、落下していく。

まさに好都合だ。

矢倉は舌舐《したな》めずりをした。

6

矢倉の実家に向かう途中、裕彦が突然明後日《あさって》の方向に走り出した。

良平は慌てて、裕彦を抱き上げた。

裕彦はばたばたと手足を動かしている。

「ヒロ君、落ち着くんだ！　何があったんだ⁉」良平は大声で裕彦に呼び掛けた。

「お母さんが死んじゃう！」

「何があったんだ、裕彦⁉」

だが、裕彦は良平の質問には答えず、ばたばたと手足を動かし続けた。

裕彦は走ってるんだ。そして、俺の質問に答えようともしない。きっと、答える余裕がないのだ。

これはどういうことだ？

いや。俺はわかっている。裕彦に緊急事態が起きたんだ。そして、おそらく加奈子にも。

二人に起こる緊急事態で考えられる最大のものは矢倉との遭遇だ。

良平は自分の背筋が凍ったのかと思った。

あの男はあまりに危険だ。

「ヒロ君、あいつに見えない安全なところまで走るんだ。そしたら、もう一度お父さんに話し掛けるんだ」

裕彦は頷《うなず》くと、また手足をばたばたとさせた。

不安のあまり何が起きているのか、裕彦に問いたくなるが、良平はぐっと我慢した。今、裕彦の集中を乱してはいけない。命が懸かっているのだ。

永遠かと思う程の時間が流れた後、裕彦の手足の動きが止まった。だが、すぐには話し始めない。はあはあと肩で息をしている。

良平は裕彦の呼吸が落ち着くのをじっと待った。

「お父さん！」裕彦は息苦しそうに言った。「あいつが来たよ」

「怪人か？」

「うん」

「お母さんはどうなった？」

「怪人に撃たれたよ」

「えっ？」良平は愕然《がくぜん》とした。

「銃で撃たれたのか？」

「よくわからない。何かコードみたいなのがくっ付いていた」

どうやら、テイザー銃のようだ。犯人も馬鹿ではない。すぐに殺害するつもりはないようだ。

「ヒロ君は逃げたのかい？」

「うん。お母さんが逃げてって言ったから」裕彦は泣きそうになった。「僕、お母さんを置いてきちゃった」

「それでいいんだよ」良平は裕彦の頭を撫《な》ぜた。「ヒロ君が逃げることで、お母さんの命を救うことにもなる。怪人はヒロ君を追いかけてきたんだろ？」

「よくわからない」

「間違いない。怪人はヒロ君を追いかけている。今、ヒロ君はどこにいるんだい？」

「ええとね。……お山の中」

「どこのお山？」

「怪人の家のすぐ近く」

「壊れた家のことかい？」

「うん」

「お母さんが撃たれたのはどこ？」

「壊れた家のところ」

「そこからすぐ山の方に逃げたのかい？」

「うん」

だいたいの位置はわかった。

良平たちは今矢倉の実家の近くまで来ている。世界Aの裕彦がいる地点まで数分で着く距離だ。

逃走の現場に行った方がいいかもしれない。その方が裕彦に的確なアドバイスができるだろう。だが、問題は世界Bの矢倉もまたこの近くに来ている可能性が高いことだ。あいつは、また予知能力を使って、俺と裕彦を殺そうとするかもしれない。

だが、じっとしていても仕方がない。

良平は裕彦を抱きかかえながら、スマホを取り出し、付近の地図を表示した。

裕彦はたぶん、この道を登ったはずだ。だが、疑問がある。

「どうして、怪人はすぐにヒロ君を追っ掛けてこなかったんだろう?」

「僕がお母さんの持ってたびりびりするのを怪人の喉《のど》に当てたんだ。そしたら、ひっくり返っちゃった」

「それは正しいことだ。偉いぞ」

だとしたら、犯人は数十秒から数分の間、動けないかもしれない。

「ヒロ君、今怪人の姿は見えるかい?」

「見えないよ」

「怪人の家は?」

「見えない」

だとすると、おそらく裕彦は最初のカーブの途中にいるはずだ。そこからは、林が邪魔になって崖《がけ》の下の様子はよく見えない。

犯人との距離はわからないので、小細工をしている時間があるかどうかの判断は難しい。だが、何もしなければすぐに裕彦は捕まってしまうだろう。戦略を立てる必要がある。

「いいかい。ヒロ君、頑張ってもう少しだけ道を進もう。できるかい?」

「うん」裕彦は歩く動作を始めた。

良平は裕彦を地面に降ろし、実際に歩かせることにした。この方が移動距離が摑《つか》みやすい。何かにぶつかりそうなら、そのときには持ち上げて回避すればいい。

「分かれ道が見えたら、教えるんだよ」良平は言った。

「分かれ道に来たよ」

「じゃあ、右に行くんだ。泥の柔らかいところを踏んで、わざと足跡が残るようにするんだ」

「そんなことをしたら、怪人が付いてくるよ」

「大丈夫だ。お父さんが作戦を考えるから、そのまま百歩進むんだ」

「一歩、二歩、三歩……」裕彦は歌うように数を数えながら進んだ。「……百歩、歩いたよ」

「そこに林があるだろ? 今度はできるだけ足跡を付けないようにして林の中に入って、そのまま元の分かれ道まで戻るんだ。絶対に林の中から出てはいけないよ」

「うん」

裕彦はしばらく歩いた後、立ち止まった。

「分かれ道に戻ったのかい?」良平は尋ねた。

「うん」

「じゃあ、木の陰に隠れてじっとしているんだ。きっともうすぐあの怪人がやって来るけど、絶対に見付かってはいけない」

「わかったよ」裕彦は無邪気に言った。

良平は心臓を握り潰《つぶ》されるような思いだった。

矢倉は裕彦を見付けたら、少しも容赦しないだろう。直接手を下すことにはリスクがあるが、あいつはリスクを取ってでも裕彦を亡き者にすることを選ぶはずだ。自分が唯一無二の存在であるためには、裕彦が邪魔だ。そして、裕彦が成長すればするほど、殺すのは難しくなる。あいつは頭が切れる上に冷酷無慈悲だ。そのことの方があいつの持つ超能力よりも遥《はる》かにおそろしい。

「これからは声を出してはいけない。あいつが来たら、お父さんの手を引っ張って教えるんだ」

裕彦は頷いた。

この子は今たった一人で殺人鬼と戦っているんだ。まだ六歳なのに。

良平は血が出るほどに拳《こぶし》を握りしめた。

だが、自分の恐怖と不安を裕彦に察せられてはいけない。もし裕彦が怯《おび》えて動けなくなったり、泣き出したりしたら、それですべてはおしまいだ。

裕彦が良平の手を引っ張った。

「ヒロ君、絶対に動いたり、音を出したりしてはいけない。怪人の姿が見えなくなったら、またお父さんの手を引っ張るんだよ」

数秒後、再び裕彦は良平の手を引っ張った。

「よし今だ。できるだけ静かに林を出て、さっきと違う方の道を走るんだ」

裕彦は走り出した。

良平は裕彦を持ち上げる。

一分程走った後、良平は言った。「よし、もう一度林の中に入るんだ」

良平はそうやって、裕彦に何度も道を走らせたり、林の中を走らせたりした。分かれ道では、必ず複雑な経路をとらせて、矢倉の混乱を誘った。

こうして時間稼ぎをしている間に、良平は走る動作をする裕彦を抱いて道を急いだ。世界Aの裕彦がいる場所に追いつくためだ。もちろん、同じ場所に行ったからといって、良平は世界Aに干渉することはできない。だが、周囲の地形や地面や林の状況を確認することができる。遠くからよりは的確な指示を出せる可能性が高まるだろう。そして、さらに、もう一つ理由があった。

「お父さん、もう走れないよ」裕彦が言った。

「疲れたのかい？」

「うん」

六歳の子供にこれ以上、無理をさせることはできない。

「わかった。今、だいたい二つの世界で同じ場所にいるかい？」

「うん」

「じゃあ、あそこに行こう」良平は裕彦の手を引いて、道路を進んだ。

道路はそこで大きくカーブしていた。ガードレール部分はすでに崖の下に崩落している。崖と反対側にはガードレールはなかったが、林——というよりはむしろ森の中に向けてなだらかに傾斜している。高低差は四、五メートルほどだろうか。乾燥していれば、たいした斜面ではないが、大雨の中、ここを滑り落ちたら、簡単には登れそうもない。

よく見ると、道路には細かな罅《ひび》割《わ》れがいくつもできていた。

今、向こう側――世界Aで加奈子が身動きのとれない状態だとしたら、裕彦が一人で矢倉に対《たい》峙《じ》しなければならない。その状況を解決する方法は、ただ一つしかない。つまり、こちら側――世界Bで、矢倉を倒すのだ。世界Bで裕彦が意識を失ったとき、世界Aでも裕彦は意識を失った。つまり、世界Bで矢倉の意識を失わせることができれば、世界Aでも失うはずだ。

問題は世界Bでも矢倉はこの近くにいるかということだが、おそらく矢倉はこの近くに来ているはずだ。やつの予知能力は世界間の数分程度の時差を利用したものだ。だとしたら、二つの世界でそれぞれの肉体があまり離れていない必要がある。チャンスはいつ巡ってくるかわからない。

おそらく加奈子と矢倉が出会ったのはただの偶然だろう。本当のターゲットは俺とこの世界の裕彦のはずだ。俺たちが調査に来るのを狙《ねら》ってこの辺りで待ち伏せをしていたんだ。もし俺の推理が当たっていれば、まだ勝算がある。

「ヒロ君、今からお父さんは隠れるから、この木の下でじっとしてるんだ。いいね?」良平は裕彦の肩をしっかりと摑んだ。

「うん」

この子に頼らざるを得ないのは耐え難いことだ。だが、この子自身の力に頼らなければ、この子の命を守ることができないのだ。

良平は大雨の中、泥沼と化しつつある草叢《くさむら》に伏せた。

そうして、何分もじっとしていると、だんだんと意識が朦朧《もうろう》となってきた。

「ヒロ君、お父さんはどこかな？」

最初は夢かと思った。だが、すぐに意識は覚醒《かくせい》した。

夢ではない。怪物は今ここにいる。

「すぐ近くに隠れてるんだろ？　出てこいよ」矢倉は勝ち誇った様子で言った。

良平は立ち上がった。

「どろどろだな。俺が騙《だま》されて近寄るとでも思ったのか？　おまえが子供を一人で置いておく訳ないだろ？」

「隠れてることは気付かれると思っていた。だが、隠れてないと、おまえは近付きもしなかったろ？」

「あははははあ」矢倉は気の抜けた笑い方をした。「俺をおびき寄せたってか？　おまえに何ができるって言うんだ？」

「復讐《ふくしゅう》だ。おまえは加奈子に酷《ひど》いことをしたそうだな」

「酷いこと？　まだ全然何もしてないぜ。ひょっとして、感電させたことか？　それとも、針金で縛り上げたことか？　これから俺があの女にしようとしていることからすれば、全然酷いことじゃないぜ」

良平は矢倉の言葉が終わる前に走り出した。

矢倉ははっと身構える。

「ヒロ君、お母さんを絶対に助けるんだ‼　頼んだぞ‼」良平は裕彦の身体を抱え上げると、なだらかな泥の斜面を転がし落とした。

小さな悲鳴と共に、裕彦の姿は森の中に消えた。

「おまえ、何すんだよ⁉」矢倉は斜面に近寄ろうとした。

「どうする？　あの子を追いかけるか？」良平は矢倉の前に立ち塞《ふさ》がった。

「必死だな」矢倉はにやりと笑った。「必死で考えた作戦か？　俺があの餓鬼を追いかければ、俺に隙《すき》ができる。そして、あの餓鬼を追いかけずにおまえの相手をすれば、餓鬼は山道をなんとか街まで逃げおおせるかもしれない。まあ、あくまで、か、か、もしれないいだけどな」

「あの子は頭のいい子だ」

「俺もさっきは一瞬そう思ったんだ。逃げっぷりが見事だったから。けど、足跡の偽装工作はおまえがやらせたことだよな？」

良平は返事をしなかった。

「あの子は特別に頭がいいと、俺に思い込ませようとしたんだよな？　ということはつまり、あの餓鬼は普通の幼児だということになる」

良平は目を瞑《つぶ》った。

「おまえの考える作戦なんか、たかが知れてるんだよ」矢倉が言った。「おまえは餓鬼を逃がしたつもりだけど、何にもなっていない」

「おまえこそ自分の力を過信し過ぎている」

「俺には、泥まみれになって森の中で餓鬼を追いかけ回すことができないってことか？　見損なうな。やってできないことはないんだよ。だが、そんなことをする必要はないんだよ」

良平の心に不安が過《よぎ》った。

その可能性は常に考えている。しかし、これは未来の自分と裕彦に託すしかないのだ。

「おまえは餓鬼を逃がしたつもりかもしれないが、俺にとっては何でもないことだ。なにしろ、餓鬼は今でもそこにいるんだからな」矢倉は良平のすぐ横を指差した。

もちろん、良平は横を見たりはしない。裕彦がいるというのは、世界Aでの話だ。

「そんなこと信じると思うか？」良平は強気の態度を装った。

世界Aでこの場所に裕彦がいるということは十中八九本当のことだろう。だが、そのことで怯えたりしたら、相手の思う壺《つぼ》だ。今はなんとか時間稼ぎをするしかない。

「嘘《うそ》を吐《つ》いて俺にどんな得がある？　いや。あるか。おまえを動揺させることができるな」矢倉は愉快そうに言った。「でも、今回は本当なんだよ。……おい、ヒロ君、こっちの世界では森の中に転がっていったから、わからないだろうけど、お父さんは今この小父《おじ》さんに捕まっちゃったんだよ。今から虐《いじ》めて殺すから、その様子を教えてあげるよ」

「それこそ、俺を動揺させる作戦だな。騙されはしない」

「じゃあ、何かおまえとこの餓鬼しか知らないことを俺に訊《き》いてみてくれ、全部答えてやるから」

「時間の無駄だ」

こいつのペースに乗ってはいけない。今、裕彦に余計なストレスを与えたくない。だが、一方で時間稼ぎも必要だ。

一か八かだ。

良平は矢倉に向かって走り出した。だが、足がもつれてしまった。まだ骨折が完治していないのだ。

何かが鳩尾《みぞおち》の辺りに当たった。

良平は反射的に触ろうとした。

「ぐぐぐっ‼」今まで感じたことのない痛みを受け、そのまま転倒した。痛みで身動きすることも話すこともできない。

強烈な痛みはすぐにやや和らいだが、立ち上がることは難しそうだった。

「俺がこれ持ってるって、餓鬼に聞いてなかったのか？」

もちろん、聞いていた。

「そもそも、おまえは運がないんだよ」

「何の……話だ？」良平はようやく喋《しゃべ》ることができた。

「この場所で俺に出会うなんて、運が悪いってことだ。それと相当な馬鹿だ。なんでこんなところを選んだんだ？」

「ここなら、森の中へ簡単に子供を逃がすことができる」

「ああ。そういうことか。だけど、見るところを間違えてる。実は俺もこの場所には注目してたんだ」矢倉は道路の端まで歩いて、崖の下を覗《のぞ》き込んだ。「餓鬼を転がした方と違って、こっち側の崖は急だ。ほぼ直角に切り立っている。しかも下までは三十メートルはあるだろう。十階建てのビルぐらいだ。そして、重要なのはもうすでに崩壊が始まってるってことだ」

良平はおそるおそる手足を僅《わず》かに動かしてみた。

しめた。動けそうだ。今、あいつは崖の下を覗き込んでいる。

良平はゆっくりと立ち上がろうとした。

「動くな」矢倉は余所見《よそみ》をしながらテイザー銃のスイッチを入れた。

良平は再び激痛に倒れた。

「どうして、俺がこんな危険な道路の端っこにいられるかわかるか?」矢倉は両手を広げて演技をしているかのように言った。

「……。さあな。……鈍感だからか?」良平はなんとか言い返した。

「今は絶対に崩れないと知ってるからだよ」

「何を言ってる? いつ崩れるかなんて誰も……」良平は黙った。

「そうだ。俺にだけはわかるんだよ。ああ。おまえの餓鬼もわかるのかもしれんが、まあ餓鬼だから、役にはたたんな」

「それでいつ崩れるんだ?」

「残念ながら世界Aではまだ崩れていない。でも、もう間もなく崩れるだろう」

「それはおまえの願望に過ぎない」

「この道路は雨のたびに少しずつ崩れているんだ。今回は一時間当たり百ミリ近い豪雨がこれから三時間も続くという予報だ。ここはほぼ間違いなく崩落する」

「もし崩れなかったらどうするんだ？」

「崩れないなんてことはないさ」

「でも、まだ世界Aでは崩れてないんだろ？」

「俺を焦らせるつもりか？」矢倉は良平の近くに戻ってきた。「俺は何も心配していない。俺は結構運がいいんだ」

さっきまで矢倉がいた辺りの地面に入った亀裂《きれつ》が不気味な音を立てながら、突然大きくなった。

「ほらな。あと何分かで崩壊が始まるぞ」

「どうして、俺を崖のすぐ近くに連れて行かないんだ？」

「崩れる場所と規模がまだわからないからだ。実際に世界Aで崖崩れが起これば、はっきりする」

「つまり、世界Aで崖崩れが発生するまで、じっと待つって訳か？　随分、気の長い方法だな？」

「俺の殺し方はいつもこうなんだ」矢倉は淡々と言った。「おまえを殺したら、次は餓鬼だ」

「都合よく二度も崖崩れは起こらないだろう」

「崖から落ちたおまえの様子を見ようとして、崖から落ちたという体裁で構わない」

「どうして、俺たち親子はこんな大雨の日に山の中に入ったんだ？　警察は疑うだろう」

「勝手に疑えばいいさ。理由は警察が考えてくれる。もしくは不明のままだ。仮に俺に辿《たど》り着いたとしても、何も立証できない。なにしろ、おまえは自然発生した崖崩れに巻き込まれたんだからな」

「わかった。俺は死んでも構わない。だが、裕彦と加奈子は助けてくれ」

「ええと。俺の主目的は餓鬼を殺すことだ。だから、確実に殺す。女の方は……まあ、後でゆっくり考える」

「今、殺さないと約束してくれ」

「してもいいけど、おまえには確認する方法がないぞ」

突然、良平は鳩尾に刺さった電極を引き抜き、矢倉に飛び掛かろうとした。

だが、次の瞬間、矢倉は別のテイザー銃を発射した。

電極は良平の首に刺さった。

良平は慌てて抜こうとしたが、衝撃と共に手足が突っ張り、そのまま昏倒《こんとう》してしまった。

7

「ヒロ君、おまえのお父さんは相当の馬鹿のようだぞ」矢倉は世界Aで目の前で蹲《うずくま》り震えている裕彦に言った。

「お父さんは馬鹿じゃない」

「ヒロ君、ちょっと立ってくれるかな?」矢倉は裕彦の前に立った。

裕彦はおずおずと立ち上がった。

「いきがるなよな、糞餓鬼《くそがき》がっ‼」矢倉は裕彦の腹を力いっぱい蹴《け》とばした。

裕彦の身体は吹き飛んだ。

しばらくは動くことができなかったが、泣きじゃくりながらその場にげろげろと吐き始めた。

矢倉は顔を顰《しか》めた。「強い者に挑んで、負けるのは馬鹿の証拠だ。おまえもおまえの父親もだ。おまえの父親は俺に挑んでテイザーを何度も撃ち込まれたんだよ。ひょっとすると、電極の刺し傷をいくつも作れば、警察に怪しまれると思ったのかもしれないな。でも、崖崩れに巻き込まれた死体は傷だらけになる。さらに、発見まで日にちが経《た》てば、腐敗が進む。まず大丈夫だ」

「僕をどうするつもり?」裕彦は全身を痙攣《けいれん》するように震わせながらもなんとか声を振り絞った。

矢倉は裕彦の言葉に何かの意思のようなものを感じてどきりとした。

世界Bの良平が何かしているのかと確認する。気を失ったのか、それともそのふりをしているのかはわからないが、じっと俯《うつぶ》せのまま動いていない。両腕もはっきりと見えていて不審な動きはない。

俺の気のせいか。

「ちゃんと俺の言うことを聞いていれば何もしない」矢倉は適当なことを言った。あまり怖がらせると、逃げ出して面倒なことになるかもしれないと思ったからだ。もちろん、世界Bでは、殺すつもりだった。世界Bのこいつが死んだら、世界Aのこいつはどうなるかわからないが、たぶん一緒に死ぬか、只《ただ》の餓鬼になるかだろう。只の餓鬼ならいっそう簡単に殺せる。

「……」裕彦は何かぶつぶつと呟《つぶや》いた。

「何を言ってる?」

「おまえ、嘘吐いてるだろ」裕彦が矢倉の目を見て言った。

世界Bの良平は動いていない。

だとすると、今の言葉はこの餓鬼の意思か?

「おまえ、言葉使いがなってないな。親の躾《しつけ》が悪いせいか?」

「……」裕彦は呟いた。「僕の両親はちゃんと躾をしてくれた。言葉使いがぞんざいなのは、殺人鬼に礼儀正しく話す必要なんてないからだ」

「この餓鬼!」矢倉は裕彦に近付こうとした。

裕彦はさっと動いた。

「待て! 動くな」矢倉はテイザー銃を取り出した。

「……」裕彦は銃を見た。「それで僕を撃ったら、そのまま死んでしまうかもしれないよ。死体を隠すのに失敗したら、解剖で死因がわかるよ」

確かにその通りだ。しかし、餓鬼にそんなことを指摘されるのは癪《しゃく》に障る。

「もしおまえが逃げ出したら、容赦しない。おまえを逃がすぐらいだったら、ここで殺す」

裕彦はそれに返事をせずに、意味ありげに道路の亀裂を見ていた。「なかなか崩れないね」

こいつ、何を言ってるんだ？　何か企《たくら》んでいるのか？　しかし、こいつはほんの餓鬼だ。たぶんまだ小学校にも行ってない。どうもおかしい。誰《だれ》か大人の言う通りに動いているのか？　だとすると、世界Ｂだが。

世界Ｂでは、良平に動きはない。だとしたら、この森の中にこいつらの協力者がいて、この餓鬼に入れ知恵しているのか？

矢倉はぞっとした。すぐにでも、世界Ｂの森の中を調べに行きたい衝動に襲われた。だが、矢倉は頭を振って、その衝動を抑えた。

今、この場所を離れたら、すべてが水の泡だ。この餓鬼の言葉はまるで、俺をこの場所から離れさせる策略のように感じる。そうか。この父親か。こいつが策略を考えて予《あらかじ》めこの餓鬼に吹き込んでおいたんだな。危ない。危ない。もう少しで罠《わな》に引っ掛かるところだった。

亀裂が少し広がり、地面がずれたような気がした。

「もうすぐ崩れるようだぜ」矢倉は言った。

「……そうかな？」裕彦は亀裂に向かって歩き出した。

「待て。勝手に動くな！」

「……僕、逃げてないよ」

そう言えば、そうだ。むしろ、崖に近付いている。もし今崖が崩れたら、そのまま巻き込まれてくれるだろう。そうなったら、むしろ好都合とも言える。だが、何か気になる。餓鬼の動きがやはり不自然だ。

「おまえ、何を企んでいるんだ?」矢倉は尋ねた。

「……何も企んでないよ」

「いいか。おまえの父親も母親も動けないいんだ。おまえは孤立無援だ。死にたくなかったら、俺の言うことを聞くしかないいんだぞ」

「……」裕彦は首を傾《かし》げた。「言うことを聞いても殺されるんじゃないの?」

「死ぬにしても痛い死に方と痛くない死に方があるんだよ。おまえ、痛くない方がいいだろ?」

裕彦は矢倉の言葉を聞いているのか、聞いていないのか、矢倉に背を向けてすたすたと歩き出した。崩壊する道路の端ぎりぎりを辿るような形だ。

「おい、待てって言ってるだろ」矢倉は道路の端に近付かないように後を追った。「じっとしてろ」

裕彦は立ち止まると、再び矢倉の方を見た。そして、矢倉を指差した。「同じ高さぐらいで並んでいる三本の木の左側ぐらい」

「何だって?」

「……気にしなくていいよ」

「何かの暗号か?」

「……おまえに言っておきたいことがあるんだ」

矢倉は裕彦の言葉を無視することにした。どうも動きが怪しい。

「二つの世界が見えるようになったときのことだけどね。奇妙なことがあったんだ」

「何があった?」矢倉は反応した。自分にも関係することなので、興味があったのだ。それに、万が一何かの企みがあったとしても、子供のすることだ。たかが知れている。

「お父さんやお母さんと話している人たちは、よく二人になったんだ」

「なるほど。片方の世界にいない人物と話すと、言動の差が激しくなるということだな」

「でも、遠くを歩いている人たちとかは二人にならないし、テレビに映っている人たちも二人にはならなかったんだ」

「二人との関係性が薄い人物は影響を受けないため、変化が少ないという訳だ」

「でも、そのうち、遠くを歩いている人もテレビに映っている人たちも少しずつ二人に分かれていったんだ。分かれたといっても、全然違うことをするんじゃない。一人が少しだけ遅れてもう一人と同じことをするんだ」

「二つの世界の時間差だ。俺も最初は戸惑った。特に時間差が数秒のときは辛《つら》かった。全然違うことを話しているのなら、なんとか聞き分けられたが、同じ言葉を少しだけずれて聞かされると、混乱して何を言っているかわからなくなるからな」

「僕に喋り掛けてくる人たちはだいたいお父さんかお母さんにも話すから、そこで完全にばらばらになるんだ。だから、そんなには困らなかった」

「なるほど。身近に片方の世界だけで死んだやつがいると、そういうことになるのか。そう言えば、病院では俺もそんな経験をした」

「でも、テレビの声は全然わからなくなったんだ。僕は耳がおかしくなったのかと思ってずっと泣いていたんだ」

「話はまだ続くのか？　まあ、聞いてやっててもいいが、つまらない話はあまり長く聞きたくない」

「……もう少しで終わるよ。ええと。お母さんは僕の様子がおかしくなったので、心配したんだ。それで何で泣いているのかと聞いたんだ。僕は正直に答えた。テレビの声がずれて聞こえるので、何もわからないって」

「そんなことを言われても、理解できなかったろうな」

「……そんなことないよ。お母さんは『お父さんに、正確に合った時計を見せて貰《もら》いなさい』って言ったんだ。僕がそう言うと、お父さんは時計を合わせて見せてくれた。お母さんも時計を合わせて見せてくれた。そしたら、二つの時計の秒針が少しずつずれて動いていたんだ」

「どうして、ずれるのかはわからんがな。まあ、同じ大きさのボールを同時に坂道の同じ場所から転がしても、だんだんと速度に違いが出ていくようなものかな？」

「……それから……今、変な音しなかった？」

「ああ。したな。もうあまり時間がない。早く話せ」

「……お父さんとお母さんは話し合って、二つの世界で時間がずれているんじゃないかということになったんだ。それから、何日かおきに時計を使って世界の間の時間差を測って、それがだんだん広がっていってるってことがわかったんだ」

「ひょっとすると、俺よりおまえの親の方が先に気付いたのかもしれないな。だけど、おまえらの親は馬鹿だ。俺みたいに、この力で金儲《かねもう》けをしようとしなかった」

「……そんなことは思いも付かなかったんだって。だからおまえがこの能力を使って、人殺しをしてるって聞いて、とても気持ちが悪かったって」

「『おまえ』って言うなよ、餓鬼！」

「……だって、おまえ、気持ち悪いよ」

矢倉は怒りに震え、二、三歩踏み出した。だが、そこで、足を止めた。「危ない。危ない。これ以上、崖には近付かない。一緒に落とそうという策略なのか？　そうなのか？」

「……一つ、聞いておきたいんだ。さっきお父さんに、お母さんは殺さないかもしれないって言ってたよね？　お母さんは助けてくれる？」

「ああ。それだけどな」矢倉は雨でずぶ濡《ぬ》れになった髪の毛を掻《か》き上げた。「生かしといたら、結局一生不安要素になる訳だ。だったら、もう殺そうと思ってる」

「……お母さんを殺したら、僕もお父さんも絶対におまえを許さない」

「大丈夫だ。おまえらも殺すから」

「……こっちの世界で人を直接殺したら、警察に捕まる」

「捕まるかもしれないし、捕まらないかもしれない。でも、捕まっても別にいいんだよ。考えてみたら、向こうの世界では自由なんだから、こっちで多少不自由でも気にしなけりゃいいんだ。食事も寝る場所も気にしなくってもいいし。出所する気がないなら、模範囚になる必要もない。一生、だらだら過ごさせて貰うぜ。そして、世界Bでは贅沢三昧《ぜいたくざんまい》だ。なっ？　まるで極楽だろ？」

「……」裕彦は矢倉に背を向けると、また数歩崖に沿って歩き出した。

「おい。勝手に動くなっつってるだろ‼　本当に撃つぞ‼　おれは別におまえが死んでも構わないんだからな‼　さっき言ったみたいに警察に捕まるのは怖くないんだ」

「……この世界で僕を殺したら、お母さんを殺せなくなるね」

「えっ？」

「……二人殺したら死刑になるかもしれないよ」

「あっ。そうか」

裕彦は矢倉を手招きした。

矢倉は思わず、二、三歩踏み出した。

裕彦は止まれの合図をした。

矢倉は立ち止まった。そして裕彦のペースに乗せられているのに気付き、腹が立ってきた。

「おい。これは何の遊びなんだ？」

「……遊びじゃないよ。真剣なんだ。そこがちょうどいい場所なんだ」

「何にちょうどいいんだよ⁉」

「……答える前に言っておきたいことがあるんだ。言っていいかな？」

「勝手にしろよ‼」

「……おまえって、思い込みが激しいよね。二つも間違ったことを思い込んでいる」

「だから、何を言ってるんだ？」

「一つ目の思い込みは世界の間の時間差についてだよ。おまえが気付いた世界Aと世界Bの時間差は事実だ。でも、その解釈が間違ってたんだ。でも、僕の家族は正しい解釈に行きついたんだ」

「解釈なんて、二つの世界に時間差があるという以外に何があるんだ？」

「普通に考えて時間差なんか生まれるはずがないんだ。時間は古くから地球の自転や公転を元に定義されていたし、最近はセシウム一三三の原子の基底状態の二つの超微細構造準位の間の遷移に対応する放射の周期で秒を定義している」裕彦はすらすらと話し出した。

「おまえ……何者だ？」

「つまり、時間は天体力学や物理現象で規定されるものだから、簡単にずれるようなものじゃない。じゃあ、何がずれているのか？　おまえは覚えがないか？　同じ一時間でも、一瞬に感じたり、何倍もの長さに感じたりすることに？」

矢倉はぞっとした。こいつは誰だ？　幼児などであるはずがない。

「つまり、時間差があるのは、人間の意識の方なんだ。世界Aと世界Bに分かれたおまえの肉体は当初はほぼ同じ時間を生きていたが、心理的・生理的な時間には僅かな差が生じたんだ。それはほんの僅かなものだったが、それが何日も蓄積されていくうち、数秒の差になり、やがて数分の差になった。つまり、二つの世界の時間差は世界そのものの時間差ではなく、二つの世界に棲《す》むおまえの肉体の時間差だったのだ」

「それがどうした？　どっちを基準にとるかどうかの話だ。結局は同じことだ」

「……二つの世界を同時に認識するのがおまえ一人の場合はな。だが、現実はそうではなかった」

「それでも、同じことだ。そういう人間が一人だろうが、二人だろうが、同じように時間差が……同じように……」矢倉はある事実に気付いた。「そうか。同じである理由はないのか。おまえは俺とは違う時間の中に生きていると言うんだな」

「……」裕彦は頷いた。「もちろん、僕の家族だって、最初からそこまで気付いてはいなかった。最初はおまえみたいに世界の間に時間差があると思っていた。でも、おまえの存在を知ることによって、真実に近付いたんだ。おまえの主観では世界Aの方の時間が進んでいるってことに気付いたことによってね」

稲光が走り、雷鳴が轟《とどろ》いた。

「僕の主観では、世界Bの時間の方が進んでいるんだ。おまえは自分が未来にいると思っている。だけど、僕はさらに未来を見ているんだ」

「おまえ……」矢倉は驚愕《きょうがく》の目で裕彦を見た。「じゃあ、世界Bのおまえは今よりさらに未来にいるのか?」

裕彦は頷いた。

「おかしいと思ったんだ。おまえの喋り方は子供のものじゃない。父親が——未来にいる父親が喋っているのか?」

「お父さんとお母さんはいつもこうやって話してたんだ。僕はお父さんやお母さんの言葉をそのまま話すんだ。意味がわからなくても、きっちりと正確に話すんだ」

「そして、俺の言葉もそうやって、父親に伝えているんだな？」

裕彦は頷いた。「……だから、おまえの間抜けな様子もよくわかる――ってお父さんが言ってるよ」

「だからって何だ？　俺に勝ったつもりか？　確かに、世界Aのおまえらは世界Bから未来の情報を知ることができるのかもしれない。だが、世界Bの俺は世界Aから未来の情報を知ることができる。対等だよ、俺たちの関係は。いや。いちいち子供を介さなくても、未来を予知できる俺の方が有利だとも言える」

「……だから、お父さんはおまえにこのことを気付かれないように気を付けていたんだ、だって」

「じゃあ、なぜ今になって、俺にそのことを明かすんだ？」

「……おまえがもう一つ思い込みをしてくれたからだ、だって」

「もう一つの思い込みって何だ？」

「……ここで起こる災害が崖崩れだという思い込みだよ」

「崖崩れじゃないとしたら何だ？」

「……土石流だよ」

矢倉は山の頂上の方を見た。「向こうから来るのか？」

「……そうだって」

「やっぱり、おまえの父親は馬鹿だ」

「どうして、そう思うの？」

「おまえは父親に言われて俺をこの位置に立たせたんだろ？　わざと歩いたり、俺を挑発したりして」

「そうだよ」

「でも、そのことを種明かししたら、すべてが無駄になる。俺はここから逃げるからな」

「……お父さんは、おまえが逃げる心配はないって言ってるよ」

「なんで逃げないと思ってるんだ？　俺を説得できるという根拠のない自信があるのか？」

「……違うよ。お父さんは、あと二、三秒で土石流がここに来るから、おまえは逃げられないって、言ってるんだ」

「それは嘘……」山から押し寄せてきた土石流に矢倉は飲み込まれた。森と道路の間にある僅かな高低差は、土石流にとっては何の障害にもならなかったようだった。軽々と乗り越え、矢倉を取り込んだまま、崖の下へと落下した。

裕彦の立ち位置は土石流の流路の端からほんの一メートル程離れていた。

「お父さん、怪人は流れていったよ」裕彦の目は土石流の中で土砂や流木と共にかきまぜられる矢倉の姿を捉《とら》えていた。

8

「おい、起きろ！」矢倉は良平の脇腹《わきばら》を蹴とばした。

「うっ」良平は目を開いた。

矢倉は良平の首からテイザー銃の電極を引き抜いた。「どういうことだ？　説明しろ！」

「何の話だ？」良平は後頭部を押さえた。

「俺とおまえの餓鬼は時間のずれている方向が逆だというのは本当か？」

「方向だけじゃなく、時間差の量自体も違うと思うぞ。ところで、今の話、誰から聞いた？」

「おまえの餓鬼だ。……実質的には、未来のおまえからだと思うが」

「ああ。そうか。だとしたら、もうおまえは終わりだな」良平はほっとした顔をした。

「何、安心してるんだ？　俺は今ここでおまえを殺すことだってできるんだよ」

「無理だよ。未来の俺が存在するってことは、今の俺は絶対に死なないもの」

「じゃあ、試してみるか？」矢倉は懐からバタフライナイフを取り出した。

良平は落ち着いた目で矢倉を見詰めた。

「どういうことだ？」矢倉は虚《うつ》ろな目をした。

「何が？」

「あと二、三秒ってどういうことだ？」

「よくわからないけど、きっとあと二、三秒で片が付くってことだと思うよ」

良平が言い終わる前に、矢倉は絶句した。その場に倒れ、ばたばたと手足をばたつかせている。

「もし説明できたらでいいけど、何が起こってるんだ？」良平は立ち上がりながら尋ねた。

「覚えてろ！　俺はこんなことでは死にはしない。必ず生き残って、おまえたちを……」矢倉の喉の奥からごぼごぼという音が聞こえてきた。「泥が……口の中に……」呼吸が止まった。矢倉は身体を何度も折り曲げて、息をしようとしているらしかった。

良平は地面の上に胡坐《あぐら》をかいた。そして、どうすればいいか考えあぐねた。

人工呼吸などをすべきだろうか？　だが、窒息の原因はおそらく世界Aでのなんらかの災害だ。この世界Bで何かをしても仕方がないような気がする。

突然、矢倉の身体は激しく飛び跳ね、そして動かなくなった。

良平は矢倉の胸と腹に手を当てた。

多少速いが、鼓動も呼吸も続いている。ただし、目を見開き、口を大きく開け、まるで絶叫しているかのような表情は異常だった。

良平は矢倉を放置したまま、森の方に向かった。

「ヒロ君、大丈夫かい？」良平は道路脇の斜面に向かって声を掛けた。

「うん。大丈夫だよ」木の陰から裕彦が姿を現した。

良平は斜面を滑り降り、裕彦の手を摑むと、再び斜面を登り始めた。

「怪人はどうなったの？」恐ろしい形相で倒れている矢倉を見て裕彦は言った。

「倒されたんだ」

「ヒーローに？」

「そうだな。そうとも言えるかな。こいつを倒したのは未来のおまえとお父さんだ」

「僕たちが？　どうやって、倒すの？」

「それは今から説明する。世界Aの方では怪人はもうヒロ君に追いついたかい？」

「ええとね。もうすぐだと思う。今、こっちに向かって歩いているから」

「よし。じゃあ、お父さんの言うとおりにするんだ。あいつには、お父さんとはぐれたままだと思い込ませるんだ。いいね」

そのとき、突然地響きが轟き渡った。

良平は裕彦を引き寄せた。

二人の目の前、三メートル程のところに土砂と流木を含む濁流が出現した。倒れている矢倉を掠《かす》め、崖の下へと流れていく。

「ヒロ君、この流れの場所をよく覚えておくんだ。これは純然たる自然現象だから、世界Aでもほぼ同じ場所を流れるはずだ。なんとかして、怪人をその場所に立たせるんだ」良平は森の方を指差した。「同じ高さぐらいで並んでいる三本の木の左側ぐらいから崖の方に八歩ぐらいの場所だ」

「僕にできるかな？」

「大丈夫だ。お父さんの言う通りにすればいい。それに、この作戦が成功することはもう決まっているんだ。あいつが倒れているのがその証拠だ」良平はぴくりとも動かない矢倉の身体を見詰めた。

9

「おまえは父親に言われて俺をこの位置に立たせたんだろ？　わざと歩いたり、俺を挑発したりして」

「そうだよ」

餓鬼は餓鬼だ。自分の犯した致命的なミスに気付いていない。いや。ミスを犯したのは父親の方か。どちらにしても、こいつらの企みはこれで終わりだ。

とりあえず、世界Bにいる父親を甚振《いたぶ》って、計画をすべて吐かせるか。

「でも、そのことを種明かししたら、すべてが無駄になる。俺はここから逃げるからな」矢倉は苛立《いらだ》った。

なんで俺はこんな屑《くず》どもに付き合わなくっちゃならないんだ？

「……お父さんは、おまえが逃げる心配はないって言ってるよ」

「なんで逃げないと思ってるんだ？　俺を説得できるという根拠のない自信があるのか？」

「……違うよ。お父さんは、あと二、三秒で土石流がここに来るから、おまえは逃げられないって、言ってるんだ」

「どういうことだ？」矢倉は世界Bで良平に訊いた。

「何が？」良平はぽかんとした顔をした。

「あと二、三秒ってどういうことだ？」

「よくわからないけど、きっとあと二、三秒で片が付く……」

「それは嘘……」

それは嘘だ。そんなはずはない。いくらなんでも、あと二、三秒でこの場所に何かが起こるなんて。

矢倉は自分の目の前に裕彦がいないことに気付いた。

ここはどこだ？

自分の身体がぐるぐると回転する。手足や腹や背中に激しい衝撃を受け続けている。痛過ぎて、もはや感覚もない。

何が起こっているんだ？

矢倉は落ち着いて考えようとした。だが、落ち着くことなんて全くできなかった。深呼吸しようとして、息ができないことに気付いた。顔の周りに空気がないのだ。あるのは、固体か液体かわからないどろどろとしたものだった。

大丈夫だ。

矢倉は自分自身に言い聞かせた。

たとえ、世界Aで災害が発生して溺《おぼ》れたとしても、世界Bではまだ災害は起こっていない。だから、世界Bでは俺は安全だ。

矢倉は世界Bの肉体に意識を集中しようとした。そして、自分の身体が地面の上にあることを感じ取れた。

良平が不思議そうにこっちを見ている。

「もし説明できたらでいいけど、何が起こってるんだ?」良平は立ち上がりながら尋ねた。

そうかあいつがいたんだ。世界Bで俺は無防備になっている。うかうかしていると、あいつにとどめを刺されかねない。

「覚えてろ!　俺はこんなことでは死にはしない。必ず生き残って、おまえたちを……」

起き上がるんだ。そして、どんな方法でもいいから、あいつを殺すんだ。

だが、意識を集中し続けることはとてもできなかった。世界Aでは、泥がどんどん口の中に侵入してくる。

「泥が……口の中に……」

自分でも誰に何を訴えようとしているのかわからなかった。

懸命に泥を吐き出そうとしたが、泥は圧倒的な力で、喉の中に侵入してくる。

矢倉は吐き出せないのなら、せめて飲み込もうとした。だが、胃も次の瞬間には満杯になった。手で掻き出そうにも、手の感覚はすでになかった。何かぐにゃぐにゃになったものが目の前をひらひらし、時折紐《ひも》のように胴体にぶつかっていたが、それが腕だったのかもしれない。

まるで拳を強引に胸の中に突っ込まれたような気がした。一撃で心臓が弾《はじ》き飛ばされた感覚だった。

身体から命がしゅるしゅると抜けていくのがわかった。人間は風船で、その中に空気のように命が詰まっていたのだ。人間の肉体は物質で出来ているので一瞬で萎《しぼ》んだりはしないが、その本体——何でできているのかはわからないが——は縮んで小さくなって、ぽんと消滅してしまうのだ。

ああ。俺は死ぬのだな、と思った。別に構わない。俺はあの大災害のとき、実際死んでいたのかもしれない。それが何かの手違いで、一つの世界を失う代わりに、一つ余計に世界を手に入れたのだ。まあ、それも今日で終わりだ。俺は一つの命、一つの世界を失うことになった。これからは一つの世界で生きなければならない。もっとも、それは特に不幸ってことじゃない。世界が一つだけというのは普通のことだからだ。

肉体から精神が抜け出そうとしている。

これは予想外だった。つまり、死後の世界はあるということだ。それがどんなものなのかはわからないが。

それがどんなものであるにしろ、すぐにわかることだと、矢倉は思った。

死は苦痛に満ちたものだが、肉体から離れれば、その瞬間に苦痛はなくなるだろう。

全身の骨格は粉砕され、内臓は潰れてしまっていた。もう耐え切れないほどの苦痛だ。だが、次の瞬間には解放されるのだ。だとしたら、なんとか耐えられる。

矢倉は肉体から抜け出た。

ああ。俺は解放された。死とは解放だったのだ。死は平等だ。どんな極悪人でも死によってすべての苦痛から解放される。善人からすれば不公平に思えるかもしれない。だが、悪人は悪人に生まれついただけなのだ。悪人だからという理由で、死後苦しまなければならないとしたら、それこそ不公平だ。

矢倉は平安の中にいた。

そして、それは幻に過ぎなかった。

気が付くと、矢倉は苦しみの中にいた。全身が打ち砕かれ、擦《す》り潰されながら、その苦痛を感じ続けていた。

馬鹿な。こんなことはあり得ない。俺はとっくに死んでいるはずだ。いつまで苦痛を感じ続けるのだ。

そのとき、矢倉は自分の目を覗き込んでいる良平に気付いた。

なぜ、こいつがここにいるんだ？　一緒に土石流に巻き込まれたのか？

いや。違う。ここは世界Bだ。この世界では俺の肉体は生きているのだ。

こいつめ、俺を酷い目に遭わせやがって！　今すぐ殺してやる‼

だが、身体は動かなかった。それどころか表情を変えることすらできなかった。自分でどんな表情をしているかはわかっていた。極度の苦痛と恐怖に苛《さいな》まれた表情だ。その表情で硬直し、瞬きすらできなかった。表情は表す感情を精神にフィードバックする。だから、矢倉はできれば表情を変えたかったが、ぴくりとも動かすことはできない。

ひょっとすると、この世界でも俺は死んだのかと思ったが、どうやらそうではないようだった。自分で呼吸しているのはわかったし、なぜか心臓の鼓動も感じることができた。

良平は矢倉の胸に触れた。矢倉の生死を確認しているのだろう。

矢倉は世界Bで良平の姿を見ながらも、世界Aでは肉体を叩《たた》きのめされ続けていた。死んでもなお、肉体から離れることができず、すべての細胞の苦しみを受け続けていた。

いったいこれはどういう訳なのだ？　どうして、死んだのに苦痛から解放されないのだ。

ああ。そうか。

突然、矢倉は悟った。

俺の命は二つの世界の二つの肉体に共通しているのだ。片方の肉体が死んだからといって、死ぬことはできないのだ。死んだ肉体のまま生き続けることになる。死体なので、自分で動いたり、話したりすることはできない。だが、精神は死んではいないので、苦しみと痛みは受け続けるのだ。

なんとかしなければ！

しかし、なんともならなかった。

矢倉の精神は死んでしまった肉体から離れようとしていた。だが、世界Bの肉体は生きているため、離れることはできない。だから、生きたまま死んだ状態になっていた。生きてはいるが、何一つ自分の意思通りに肉体を動かせないのだ。

そして、世界Aの生きた精神を宿した肉体は完全に死んでいるため、自然の摂理に従うほかなかった。

世界Aでぐちゃぐちゃになった矢倉の遺体は岩に酷く叩き付けられた後、ぬかるみの中に放《ほう》り出された。途中で、手足はすべてもげてしまっていたが、もげた手足もまたそれぞれが痛みを感じていた。どうやらすべてに矢倉の意識が宿ったままのようだった。

やがて、烏《からす》たちが矢倉の遺体に気付く。一羽が下りて、遺体の柔らかい部分を突く。

個々の細胞がまだ生きているためか、あるいは矢倉の思念が宿っているためか、その痛みは生きているときとなんら変わらないものだった。嘴《くちばし》が肉に食い込み、少しずつ引き千切っていく。いっそのこと、がぶりと齧《かじ》り取ってくれと思ったが、烏はちびちびと米粒ほどの大きさの欠片《かけら》を食い千切っていく。やがて、他の烏も気付き、矢倉に群がる。皮膚を食べた後は脂肪や肉を啄《ついば》み始める。そのすべてに感覚が残っていた。烏の嘴が目に迫った。死体なので顔を逸《そ》らすことも、瞬きすることも視線を動かすことすらもできなかった。嘴の先端がずぶりと目玉の中に入り込む。なんの遠慮もなくずるりと引き出す。烏たちはそれを先を争って啄む。顔の皮膚も喰《く》いつくし、鼻も耳もなくなっていく。顔の真ん中にぽっかり空いた穴に烏たちは顔を突っ込み、鼻の中の組織を破壊しながら、食べ尽くす。そのときには、もう腹にも大きな穴が空いていて、何羽かが中に入り込み、内臓に嘴を付け始めた。

単なる腹痛とは比べ物にならなかった。神経に直接烏の嘴が刺さるのだ。骨の中をばたばたと暴れ回り、そこら中の組織を見境なくばりばりと食い千切る。

ああ。早く終わらせてくれ。早く俺を喰い尽くしてくれ。

数羽の烏が矢倉の喉を食い散らかしていた。食道も気管も大動脈も今となっては、只の肉の管に過ぎず、どれがどれだかわからなくなっていた。烏は泥を掻き出したあと、管を食い千切り、飲み込んでいく。

顔の下半分の肉が殆《ほとん》どなくなり、がたんと下顎《したあご》が外れた。烏は柔らかい口蓋《こうがい》に群がった。あっと言う間に、鼻腔《びこう》への穴が広がった。

そして、ついに烏たちは脳へ嘴を突っ込んだ。

それは痛みではなかった。そんな生温《なまぬる》いものではなく、遥かに辛く苦しいものだった。文字通り、頭の中を烏の嘴で掻き混ぜられているのだ。

矢倉は、神や仏やキリストや天使や悪魔や自分が殺した者たちや大自然や烏たちや雷や加奈子や良平や裕彦たち、思い付くありとあらゆるものに祈った。

これを早く終わらせてくれ。

だが、烏たちは急ぐでもなく、ただ淡々《たんたん》と脳をぐちゃぐちゃに食い荒らしていった。

矢倉の脳細胞は活動を停止しているはずなのに、様々な過去の苦しみを再生し出した。痛みの思い出はもちろん、屈辱や、悔恨や、憎悪など、苦しみに繋《つな》がるすべての記憶を明晰《めいせき》にまるで今体験しているかのように。そして、その状態でなお、全身を食い荒らされる痛みをもまたはっきりと感じ続けているのだ。

ただ、一つの希望はこのまま脳を喰い尽くされて何も感じなくなることだ。

だが、烏たちの食事は意外と時間が掛かった。


世界Bでは、矢倉は救急車に運び込まれた。

あの親子がおせっかいにも呼んだらしい。

どういう説明をしたのかはわからない。おそらく親子で山登りをしているときに豪雨に遭い、慌てて下山しようとしているときに倒れている男を見付けたとかそういう話をしたのだろう。

どうして、俺を見捨てなかったのだろう。

もちろん、矢倉は感謝などしなかった。もうこのまま見捨ててくれれば、烏に脳を喰われるより早く死ぬことができたのに、と逆に恨むぐらいだった。

病院での検査は荒っぽいものだった。おそらくもう意識がないのだと思われたのだろう。なんの麻酔も痛み止めの処置も行われず、身体中のありとあらゆる場所に太い針を突き刺され、穴という穴に強引に検査器具を突っ込まれた。

もちろん、烏に腸《はらわた》を啄まれることに較《くら》べれば、そんなことは苦痛でもなんでもない。一通りの検査が終わり、矢倉はしばらく放置されていたが、やがて腕の静脈に栄養剤の点滴が刺し込まれた。さらに様々な針が突き刺され、コードと管塗《まみ》れになる。

もちろんきめ細かい介護などは行われない。殆ど寝返りも打たせて貰えない状態で長時間放置された。

世界Aでは夜が訪れた。

脳は半ば喰われてしまった。

いつのまにか烏たちはいなくなった。

矢倉はほっとした。相変わらず、全身は苦痛に包まれていたが、とにかく烏の新たな攻撃はなくなったのだ。

だが、その安心は束《つか》の間《ま》のものだった。どこからか猫たちが集まってきたのだ。現代の都市周辺に野犬は殆どいない。だが、野良猫は野犬ほど危険だとは見做《みな》されていないため、その繁殖は半ば見過ごされている。そして、猫たちに交じって狸《たぬき》たちや鼬《いたち》たちも現れた。彼ら肉食性の哺乳《ほにゅう》動物はもちろん生きた小動物も捕食するが、死んだ肉でも気に掛けることはしない。生きていくためには当然のことだ。

彼らは烏たちと違い、骨もばりばりと噛み砕く。骨自体には痛覚はないはずだが、神経が存在する骨膜がなくなっても痛みは続いた。なんらかの作用で、骨自体にも痛みが拡散しているのか、それとも矢倉の脳が痛みを産み出しているのかはわからなかったが、それは矢倉の記憶する限り、最大の痛みだった。だが、不思議なことに気を失うことはなかった。痛みが鋭く強烈な程、矢倉の意識はますます明晰になっていった。

そして、猫がばりばりと頭蓋骨《ずがいこつ》を噛み砕き始めたとき、ついにこの苦しみも終わるのかと覚悟を決めた。この苦しみが続くぐらいなら、死んだ方がましだ。もちろん、世界Aではすでに矢倉は死んでいるので、この思いはそもそも矛盾していた。

そして、脳が露出し、どんどん喰われていくにつれ、矢倉は奇妙なことに気付いた。脳がなくなっていくのだから、意識もまたどんどん微《かす》かになっていくのが当然のはずだった。だが、不思議なことに意識は明瞭なまま、さらに苦痛が激しくなる一方だったのだ。

そして、頭蓋骨が完全に崩壊したとき、矢倉はある事実に気付き、愕然となった。世界Aで脳が崩壊しても関係ないのだ。世界Bの脳が無事である限り、世界Aでの意識も消滅することはないのだ。世界Aと世界Bの矢倉の二つの肉体は一つの精神を共有している。だから、世界Aで脳がなくなっても、世界Bに脳がある限り、その精神が失われることはないのだ。世界Aで生命がなくなったのにも拘《かか》わらず、意識が存続していることから類推して、これは当然のことだった。もっと早く気付いてもおかしくはない。いや。矢倉は薄々気付いてはいたのだ。だが、そのような事実を認めたくないため、その考えを無視していたのだ。

殺してくれ。

矢倉は世界Bの医者に向かって懇願した。だが、矢倉は声を発することも身体を動かすこともできない。恐怖と絶望の表情を変えることも目を瞑ることすらもできないのだ。

やがて、矢倉の腹には小さな穴が開けられ、そこから流動食が流し込まれるようになった。

矢倉は苦痛を受けるためだけに生かされているようなものだった。

世界Aで矢倉の身体は腐敗が進みだした。全身の死んだ細胞が悲鳴を上げたが、その声は矢倉自身にしか届かない。

　昆虫や黴《かび》が筋肉や内臓などの全身の組織に喰い込み、無残に喰い散らかしていく。食べられても食べられても、どれほど細かく腐り、潰されようとも、矢倉の意識はその残骸の中に残り続けた。

　計り知れない苦痛を日々受けながら、これから先何十年も。世界Bの肉体が滅ぶまでは。

10

「怪人は流れていったよ」裕彦は言った。「土や木に混じってぐちゃぐちゃになりながら」

「よく頑張ったね」良平は言った。「向こうの世界で怪我《けが》はしなかったかい?」

「あいつにお腹《なか》を蹴られたから少し痛いけど、大丈夫だよ」

「お腹を?　気持ち悪くないかい?」

「げえげえしたけど、大丈夫だよ」

「後でお母さんに言って、病院に行くんだ。いいね」

「そうだ。お母さんを助けなきゃ」

「わかってる。だけど、ここは大雨の山の中だ。気を付けて下りなくちゃいけない。怪我をしては大変だからね」良平は裕彦の手を握りしめた。「今、世界Aでも、同じ場所にいるんだね？」

「うん」

「じゃあ、このまま二つの世界で同じように歩くんだ。そうすれば、麓《ふもと》まで迷うことはないから」

二人は慎重に下山した。世界Bでは良平が裕彦の手を引くことができるが、世界Aでは六歳の裕彦が一人で下山しているのだ。できるだけ慎重にゆっくり降りるしかないのだ。

亀裂や倒木があるような危険な場所があった場合、良平がじっくりと観察し、最も安全なルートを裕彦に指示する。世界Aと世界Bで全く同じ動作をさせ、少しでも危険を感じたら、即座にその動作を中止し、別の方法を考える。

下山しながら、良平は裕彦に語り掛けた。「いいかい。怪人を殺したのは、ヒロ君じゃなくて、お父さんだということはわかるかな？」

「えっ？　僕がヒーローじゃないの？」

「作戦を考えたのは、お父さんだし、ヒロ君に指示を出したのもお父さんだ。だから、怪人を殺したのはお父さんだ。ヒロ君はただ言うことを聞いて、その通りに動いただけだ。できれば、お父さんも怪人を殺したくはなかったんだ。でも、殺す以外にヒロ君とお母さんを守る方法がなかったんだ。これは大事なことだからちゃんとわかって欲しい」

「うん」

裕彦が理解したかどうかはわからなかった。今は理解できなくてもいい。しかし、将来、自分が殺人を犯したと考えて良心の呵責《かしやく》を感じないでいて欲しいと思ったのだ。

二人はなんとか一時間半ほどで、麓に辿り着くことができた。

矢倉の実家の残骸に到着すると、良平は裕彦に加奈子の様子を尋ねた。

「お母さんはまだ繋がれたままだよ。なんとか抜け出そうと頑張っている」裕彦は答えた。「まだ僕に気付いていないみたい」

「おかあさんに近付いて言うんだ。怪人はやっつけた。お父さんはここにいるって」

(本当なの？　あなた、大丈夫なの？)

「ああ。そっちの世界の矢倉はたぶん死んでしまったと思う。こっちの矢倉は山の中で意識を失っている。今から救急車を呼んで回収してもらうつもりだ」

(あんなやつ、放っておけばいいんじゃないの？)

「あいつは最低の人でなしだが、無意味に命を奪うことはできない」

(殺すんじゃなくて放置するだけよ)

「もうあいつは無害なんだ。そっちの世界で死んだんなら、二度と目を覚ますことはないだろう」

(そんなことわからないわ。突然意識を取り戻すかもしれないじゃない)

「そのときはそのときさ。超能力を持たない単なる悪人に過ぎないから、それほど危険じゃない。もし何かしたら警察に頼めばなんとかなるだろう。……ヒロ君、お母さんを縛っている針金ははずせそうかい？」

「硬くて動かないよ」

「だったら、大人がいるところまで行かなくっちゃならないな。日が暮れる前に急いで行かなくっちゃ」

（ちょっと待って。わたしのバッグの中にスマホが入ってるから、それで裕彦に一一〇番して貰えばいいわ）

「警察を呼んでどう説明するんだい？」

（殆ど本当のことを言えばいいわ。廃墟《はいきょ》観察に来たら、変な男に感電させられて、繋がれたって。裕彦は男に追われて山に入ったけど、男は途中でどこかに行ったと言えばいいわ）

「裕彦に嘘を吐かせるのか？」

（じゃあ、本当のことを言えばいいわ。たぶん警察は取り上げないと思うけど）

「わかった。本当のことを言うかどうかは裕彦に任せよう」

裕彦は一一〇番に電話し、良平は一一九番に電話した。

世界Aでは警察が到着し、世界Bでは救急隊が到着した。

それぞれ加奈子と良平の話を聞いた後、山に入っていった。そして、警察は手ぶらで、救急隊は担架に矢倉を載せて戻ってきた。

加奈子と裕彦は警察に一時的に保護され、良平と裕彦は家へと戻った。

家族に平穏が戻ってきた。

11

三人の生活には少しずつ変化が表れ始めた。

裕彦は成長するにつれ、あまり他の世界の話をしなくなった。

お母さんはどうしてる？　と尋ねると、今テレビを見ているとか、料理をしているとか、買い物をしているとか、短く答えるだけで、詳細な説明はしなくなっていた。

まあ、そういう年齢かなと思っていた。だが、裕彦が十歳になって半年ほど経ったあるときのこと、数日間も加奈子の話をしていないのに気付いて、最近お母さんの話をしないねと言うと、裕彦は一瞬不思議そうな顔をした。

「お母さん？」

「そうだよ。お母さんだよ。今、お母さんは家の中にいるのかい？」

しばらくぽかんとした後、裕彦は言った。「ああ。お母さんは二階にいるよ」

「二階で何をしてるんだい？」

「ええと。掃除かな？」

「ちょっと見てきてくれないかな？」

「見に行くって、何を?」

「お母さんに決まってるじゃないか」

「だから、今、掃除をしてるって」

「二階に行くのが面倒なのか?」

「面倒とかじゃなくってさ……」裕彦は困ったような顔をした。

「じゃあ、ここから呼び掛けてくれてもいい。今日の予定を訊いてくれないか」

「ここからでもいいんだね」

「ああ。いいよ」

「お母さん、今日の予定は何かある?」裕彦は大声で二階に向かって呼び掛けた。そして、耳に手を当てるそぶりを見せた。「今日は特に予定はないって」

良平は違和感を覚えた。「お母さんは本当にそんなこと言ったのか?」

「何だよ。信用できないなら、自分で訊けばいいんじゃないか」裕彦は苛立たしげに言った。

「……それができないのはわかってるだろ」

裕彦は返事をせずに、テレビの前に座りゲームを始めた。


それから何か月も裕彦は加奈子の話をしなかった。

良平は時折苛々《いらいら》として、裕彦に怒鳴り付けるようになった。

「何、苛々してるの?」裕彦は呆《あき》れたように良平に言った。

「おまえが反抗的な態度をとるからだ。最近はお母さんとの話を手伝ってくれなくなったし」

「そのことだけど」裕彦は改まって言った。「もういいんじゃないかと思うんだ」

「何のことだ？」

「お母さんがいるふりだよ」

「いるふりって、おまえ何を言ってるんだ？」良平は動揺した。

「あのとき、僕はまだ本当に小さかった。小学校に入る前だものね。お母さんが死んだことだって、きっと理解できなかった。だからだろ。お父さんはお母さんがいるふりのゲームを始めた」

「待ってくれ。ゲームなんかのはずがない。ほら実際にお母さんとの通訳をしてくれたじゃないか」

「あれはそういうふりだったんだよ」

「じゃあ、矢倉を倒したのは、どういう訳だ？」

「そういう怪人がいるっていう設定だったんだよ。でも、実際に怪人なんかいなかった。どこにも死体はない。そうだよね」

そう。矢倉の死体はない。やつはこの世界では死んでいないから。

「僕もあのときはお母さんが見えているような気がしていたのは、事実だよ。でも、だんだんと気付いてきたんだ。お母さんはあの洪水のときに死んでしまったんだと。ちゃんとお葬式もしたじゃないか」

「死んだのはこの世界の加奈子だ。別の世界ではまだあいつは生きている」

「お父さんも、そうだといいと思ったんだよね」

「どういうことだ？」

「もういいんだよ。僕のためのゲームはもう終わりにして欲しいんだ。そして、お父さんはお父さんの人生を歩んで欲しい。いもしないお母さんのことばかりを考えるのはやめにして」

「突然、何を言い出すんだ？」良平は混乱した。

まさか……。

「おまえ、お母さんが見えなくなったのか？」

裕彦は頷いた。「確かに、小さい頃はお母さんがここにいて、声も聞こえると思っていた。だけど、大きくなってくるにつれて、そんなことはあり得ないと理解してきたんだ。そして、お母さんの姿はだんだんと見えなくなり、声も聞こえなくなった」

「いつぐらいから見えてなかったんだ？」良平は呆然《ぼうぜん》として言った。

「今でも、時々お母さんの姿が見えるような気がすることもあるよ。だけど、それはそんな気がするだけなんだ。最初から何も見えてはいなかったんだ。僕は二、三年前にそのことに気付いたんだ」

「いや。違う。確かに、おまえにはお母さんが見えていた。だって、お母さんしか知らないことをおまえは話したんだ」

「僕がそんなことを話したとお父さんは思ったんだ。それだけのことだと思う」

「俺の妄想だと言いたいのか？」

「お父さんはお母さんにどうしても会いたかったんだろ?」

「違うんだ。おまえは小さかったから、よく覚えていないのかもしれないが、あれは全部本当に起こったことなんだ。俺ははっきりと覚えている」

「じゃあ、本当にそんなことが起きたということでいいよ」裕彦は静かに言った。「でも、もうそれは終わったんだよ。もう僕には他の世界なんて見えないし、聞こえない。だから、お母さんが生きている世界があったとしても、それは僕やお父さんにとっては存在しない世界なんだ。そんなものに縋《すが》って生きるのは間違っているよ」

良平は肩を落とした。「じゃあ、俺は本当に加奈子を失ってしまったのか」

「お母さんがいなくなったのはもう五年以上前なんだ。今、いなくなった訳じゃない」

良平は声を出して泣き始めた。

12

裕彦は十五歳になった。

良平は加奈子がいないことを受け入れ、立ち直り始めていた。

裕彦はほっとしていた。自分の言葉が父を傷付けたのではないかとずっと気になっていたのだ。

もちろん、あの言葉が父に必要だったのは間違いない。はっきりと息子の口から言わないと、ずっとパラレルワールドの妻に頼って生きていくことになっただろう。

父の同僚である佐藤ひろみは、地震の後は月に二、三回訪ねてくるようになっていた。父子家庭になっていろいろ家事に手が回らない所もあるだろうと、半ば押し掛ける形だった。単に親切なのか、多少は父に気があったのかはわからない。少なくとも、父の方にはその気は全くなかった。まあ、当然だろう。自分のすぐ傍《そば》に見えない妻がいると思っているのだから、他の女に気が移ることはない。だが、五年前に裕彦からもう母の姿は見えないし、声も聞こえないと告げられてからは多少の変化はあったようだ。最初の二、三年間は落ち込んで、それどころではなかったのだろうが、この一、二年はようやくひろみの存在を大きく感じ出したようだ。

十代の裕彦でさえ、ひろみの父に対する態度に何か特別な感情を感じ取っていたというのに、随分鈍感な成人男性だ。だが、そのようなことに関心を持ち出したということは心の回復の一歩だろう。

今はまだ裕彦に遠慮をしているのか、はっきりとした恋愛感情を表には出していないようだ。近いうちに裕彦は自分から父に、もう自分のことは気にしなくていいから、自分の人生を生きるようにと、言おうと思っていた。そうでないと、父にあのようなことを言った意味がない。

父に較べて、母の心理は裕彦にはとてもわかり辛かった。父の話をしなくなっても、父のように不安感をあからさまにするようなことはなかったからだ。だが、時折溜《た》め息《いき》を吐いたり、ぼんやりするようなことが増えてきたのは間違いない。

耐え切れなくなったのは、裕彦の方だった。

あれは、中学校に入ったばかりの頃だった。母の方から切り出すまでは、何も言うまいと思っていたのだが、二人ともそのことを話題にしない不自然さに耐え切れず、ある日の夕食後、ついに切り出したのだ。

小さい頃、死んだお父さんとよく会っていたような気がするけど、どうしてそんなことを信じてたんだろうね。一種のイマジナリーフレンドみたいなものだったんだろうか、と。

母は、そうだったの、そういうこともあるかもしれないわね、とぽつりと言った。

それからは母の方からその話題を出すことはなかった。そして、裕彦も触れることはなかった。

母の方には恋人候補はいないように思えた。もちろん、息子にはばれないように慎重に気配を隠している可能性もあった。

そう言えば、年に二、三回、父に命を助けられたという斉藤重雄が訪ねてくる。結局、彼は家族を見付けられなかったそうだ。よく似た境遇の母と話をすることで、苦しみを和らげているのかもしれない。あるいは、双方とも他の感情があるのかもしれない。いずれにしても、裕彦が干渉すべきではない。

裕彦は自分の決断が正しかったのかどうか迷うときがある。

普通の人間にとって、パラレルワールドは存在しない世界なのだ。それは単なる可能性の幻に過ぎない。そこに愛《いと》しい人が生きていたとしても、永久に会うことはできないのだ。愛する者を失った傷は完全に癒《い》えはしない。しかし、時と共に少しずつ、痛みは小さくなり、やがて現実と折り合いを付け、一歩踏み出すことができるのだ。

しかし、裕彦の能力は両親に決して叶《かな》うことのない望みを与えてしまった。二人の心はあの災害のときで止まってしまったのだ。裕彦を通じることにより、すぐそこに愛する人の存在を実感することができる。これは幸せの能力などではない。裕彦は二人に呪《のろ》いをかけてしまったのだ。裕彦の能力がある限り、両親は現実と対峙することなく、この先の人生を生き続けることになる。

そのことに気付いた裕彦は能力を失ったふりをすることにしたのだ。

結果的に、二人は配偶者を二度も失うことになってしまった。次の人生に向けての意欲を持たせることはできたが、より大きな悲しみも与えることになった。

どうするのが正しかったのか。今の裕彦には答えを出すことはできない。

この力は恐ろしい。人々を簡単に不幸のどん底に陥らせることができる。矢倉の行いはまさにこの力の負の面をあからさまに見せてくれた。だが、逆に言うなら、この力には人々を救う力もあるはずだ。あの怪人を倒したのも裕彦の力があってこそだ。

だが、両親は裕彦の力を夫婦の間のコミュニケーション以外の何かに活用しようとしたことは、あのときを除いて一度もなかった。裕彦に負担を掛けるのを避けたのかもしれない。あるいは、この力を正しく使い続ける自信がなかったのかもしれない。

怪人になるのは簡単だ。力を自分の欲望のままに使うだけでいいのだから。だが、正義のヒーローになるのは難しい。自分がよかれと思ってしたことが誰かを不幸にするかもしれない。人々は自分の正義こそが正しいと思い、他人の正義を悪と呼ぶ。「悪を懲らしめること」すら、特定の人々からすれば悪に他ならないのだ。

だが、裕彦はニヒリズムには陥らなかった。人々を幸せにするための道は必ずあるはずだ。

人々を不幸にする道があるのなら、それ以外の道を探せばいい。

裕彦は待つことにしたのだ。自分の中に真のヒーローが生まれるまで。

焦ってはいけない。

だが、いつか必ず僕はヒーローとなる。

そう決意するとき、ふと感じるのだ。

壊れなかったもう一つの世界を。

お母さんとお父さんとヒロ君

「ヒロ君、お父さんはまだお部屋でお仕事をしてるのかな？」お母さんは台所でご飯の用意をしながら、ヒロ君に言いました。「ちょっと見てきてくれないかしら？」

ヒロ君は返事をしませんでした。なぜって、今テレビでとても面白い人形劇をやっているからです。

「ねぇ。ヒロ君、お母さんの言うことがきけないのかな？」

ヒロ君はぷっと膨れて、お母さんの方を見ようともしません。

「どうして、言うことをきいてくれないの？」

「だって……」ヒロ君はぽつりと言いました。「いつも、僕ばっかり言いつけられているんだもの。お父さんもお母さんも勝手だよ」

「そんなことを言わないで、ヒロ君」お母さんの悲しそうな声が聞こえます。

ヒロ君はとても悪いことをしてしまったような気がしました。

「ちょっと待ってて」ヒロ君はテレビを見るのを止《や》めて、お父さんの部屋に向かいました。

お父さんの部屋のドアを開けると、お父さんはパソコンの前に座っていました。

「お父さん」

「ああ。ヒロ君、ちょっと待っててよ。もうすぐお父さんのお仕事が終わるから」

「あのね。お母さんが……」

お父さんのパソコンを打つ手が止まりました。

「お母さんが何だって？」

「お父さんを見てきてって。まだお仕事をしているのかなって」

お父さんは笑顔を見せました。

「ありがとう、ヒロ君。もうお仕事は終わりだ。一緒に降りよう」

「うん。わかった」

「お母さん、今日のご飯は何だい？」お父さんは尋ねました。

「今日はカレーライスよ。ヒロ君とお父さんの好きなカレーライス」お母さんは答えました。

「わあい！　わあい！」

「あれ、お母さん、どうしたんだい？　涙なんか流して」

「今、なんだか不思議な気持ちになったの。あなたが遠くに行ってしまったみたいな」

「お母さんは時々変なことを言うね」お父さんは笑いました。

「本当にそうね」お母さんも笑いました。

ヒロ君はお父さんとお母さんの手を両手で握って、そして二人の顔を見上げました。

いつものように……。

初出

冒頭の「お父さんとお母さんとヒロ君」は、英訳された上で『Kizuna［Fiction for Japan］』（Createspace Independent Pub）二〇一一年九月に掲載されました。

その冒頭の日本語版を含め、本書は二〇一七年六月から十一月にかけて、「Ｗｅｂランティエ」（http://www.kadokawaharuki.co.jp/online/）で連載された作品を大幅に加筆修正し、単行本化したものです。

著者略歴

小林泰三（こばやし・やすみ）
1962年京都府生まれ。大阪大学大学院修了。95年「玩具修理者」で第2回日本ホラー小説大賞短編賞を受賞し、デビュー。98年「海を見る人」で第10回SFマガジン読者賞国内部門、2012年『天国と地獄』で第43回星雲賞日本長編部門、14年『アリス殺し』で啓文堂大賞文芸書部門、17年『ウルトラマンF』で第48回星雲賞日本長編部門をそれぞれ受賞。『アリス殺し』は「SUGOI JAPAN Award 2016」エンタメ小説部門３位にもなった。『密室・殺人』『AΩ　超空想科学怪奇譚』『人獣細工』『家に棲むもの』『クララ殺し』『ドロシイ殺し』など著書多数。

Kadokawa Haruki Corporation

小林泰三

パラレルワールド

*

2018年7月18日第一刷発行

発行者 角川春樹
発行所 株式会社 角川春樹事務所
〒102-0074 東京都千代田区九段南2-1-30 イタリア文化会館
電話03-3263-5881（営業） 03-3263-5247（編集）
印刷・製本 中央精版印刷株式会社

ISBN978-4-7584-1327-5 C0093
http://www.kadokawaharuki.co.jp/